中国古诗中的道德箴言

莫砺锋 著

陕西师范大学出版总社

图书代号：WX20N1237

图书在版编目（CIP）数据

中国古诗中的道德箴言／莫砺锋著. —西安：陕西师范大学出版总社有限公司，2020.7
ISBN 978-7-5695-1541-1

Ⅰ.①中… Ⅱ.①莫… Ⅲ.①古典诗歌—诗歌欣赏—中国　②道德修养—中国　Ⅳ.①I207.2　②B825

中国版本图书馆CIP数据核字（2020）第066064号

中 国 古 诗 中 的 道 德 箴 言
ZHONGGUO GUSHI ZHONG DE DAODE ZHENYAN

莫砺锋　著

出 版 人	刘东风
策划编辑	焦　凌
责任编辑	焦　凌
责任校对	郑若萍
封面设计	张潇伊
出版发行	陕西师范大学出版总社
	（西安市长安南路199号　邮编 710062）
网　　址	http://www.snupg.com
印　　刷	陕西龙山海天艺术印务有限公司
开　　本	880mm×1230mm　1/32
印　　张	8
插　　页	4
字　　数	165千
版　　次	2020年7月第1版
印　　次	2020年7月第1次印刷
书　　号	ISBN 978-7-5695-1541-1
定　　价	35.80元

读者购书、书店添货或发现印装有问题，请与营销部联系、调换。
电话：（029）85307864　85303629　　　传真：（029）85303879

序　言

　　中华民族的传统文化有两个显著的特征，其一是浓厚的道德倾向，其二是浓郁的审美倾向。用传统的术语来说，就是"善"和"美"。对"善"和"美"的不懈追求是中华民族的先民们努力提升自身的人生境界的原初动力，是他们为五千年的光辉文化所奠定的核心内蕴。

　　首先，中华文化中最高的境界是道德而不是智慧。这种道德是界定在人生范围之内，它并不是对神灵旨意的遵从，而是人们内心的自律。儒家尤其强调道德不应是外在的强制性规定而应是内心情感的合理流向，任何外在的仁义举动都是内心德性的自然体现。正如孔子、孟子的格言所说，"四海之内皆兄弟也""老吾老以及人之老，幼吾幼以及人之幼"。这样，无论你是修身养性还是施惠及人，都会在内心产生极大的愉悦感，"反身而诚，乐莫大焉"，正是指这种境界。相对而言，西方人的道德表现往往是出于对神灵的敬畏和服从，等而下之者甚至出于对天国入场券的期待，总之或多或少地出于外在因素的驱动。造成这种差别的主要原因在于中华民族是世界上最早认识到自身的创造力量的民族。当古代西方人把崇拜的目光对着天庭时，中华的先民们却对自身的力量充满了自信心。中国古代神话中的英雄并不是作为人类异己力量的诸神，而是人类自身力量的凝聚和升华。有巢氏、燧人氏、神农氏等分别发明了筑室居住、钻木取火及农业生产。而黄帝及其周围的人物更被看作中国古代各种生产技术和文化知识的发明者。既然先民们确信文化是他们自己创造的，这种文化就必然以人为其核心。追求人格的完善，追求人伦的幸福，追求人与自然的和谐便成为中华文化的核心价值取向。在中华文化中，人不是匍匐在神灵脚下的可怜虫，更不是生来就负有原罪的天国弃儿。在先民们的心目中，人是宇宙万物的中心，是衡量万物价值的尺度。人的道德准则并非来自神的诫命，而是源于人的内心，也便成为题中应有之义了。

其次，中华先民们的思维方式具有鲜明的民族特征。他们崇尚一种观物取象、立象尽意的思路，他们擅长于借助具体的形象来把握事物的抽象意义。《周易》中的卦象、汉字的象形都是这种思维方式的体现。与西方文化相比，中华文化具有偏重于直觉思维和形象思维的特征。先民们在追求真理时，往往不重视局部的细致分析，而重视综合的整体把握；往往不是站在所究事物之外做理性的研究，而投身于事物之中进行感性体验。正因如此，中华的先民们在创造自己的光辉文化时，不是沉溺于烦琐周密的逻辑推理，也不追求苦行僧式的宗教行为，他们从日常人伦中追求仁爱心和幸福感，他们以审美的态度在平凡生活中获得愉悦感。孔子欣赏"暮春者，春服既成，冠者五六人，童子六七人，浴乎沂，风乎舞雩，咏而归"的生活，庄子崇尚"天地有大美而不言"的终极真理，正是先秦思想家共有的审美倾向的典型表现。

那么，"善"和"美"这两个特征在中华传统文化中交汇于何处呢？应该说有许许多多的交汇点，然而最显著、最光华夺目的交汇点无疑是古代诗歌。由于"诗言志"是中国诗歌的开山纲领，"饥者歌其食，劳者歌其事"是中华先民们对诗歌本质的共同认识，所以中国的古代诗歌既不是颂神乐歌,更不会被哲学家逐出理想国。中国诗歌的创作主体是人,它所表现的客体也是人,它从人出发,又以人为归宿。先民们的诗歌创作是自然而然的情感流露,就像《诗大序》所描绘的那样,"诗者,志之所之也。在心为志,发言为诗。情动于中而形于言,言之不足,故嗟叹之。嗟叹之不足,故永歌之。永歌之不足,不知手之舞之,足之蹈之也"。这个过程无须乞灵于神祇的参与,也不会导致迷失自我心智的迷狂状态。虽然在远古时代,诗是与乐、舞密不可分的,但是在表意的明晰性上诗当然是首屈一指的,而且诗歌的载体——文字的稳固性又远胜于乐、舞,所以诗的地位日趋重要。诗歌终于成为全民族陶写心声的普遍方式,中华大地也就成了一个诗国。

孔子恺切周至地以学诗来教育子弟,《诗经》得以跻身于儒家经典之列;《老子》全书皆为韵文,几可视为一首长篇哲理诗;《庄子》中丰富的想象和生动的形象使全书充满着诗意,书中关于"言不尽意""得意忘言"的命题为后代诗学提供了丰富的思想养料。儒、道两家一正一反,分别从社会功能和审美功能方面浇灌了后代诗人的心田。在古代中国,诗人成为全社会所仰慕的崇高称呼,贵为帝王者也想获取这项桂冠。既然中华文化赋予诗歌以无比强大的功能,使其成为深入人心的文化形态,那么诗歌必然会成为中华文化中最为耀眼的闪光点,中华文化崇尚道德的性质也就必然会在诗歌身上发出异彩,更不用说诗歌本身就具有美的本质了。

在中国历史上,曾涌现出无数的志士仁人,这些志士仁人往往本身就是杰出的诗人,他们用优美的诗句表达了内心对人生道德境界的追求,诗歌成为他们留给后人的最宝贵的文化遗产。行吟泽畔的三闾大夫和飘泊江湖的少陵野老已经凭借其壮丽诗篇而在中国人民心中获得了永生,文天祥舍生取义的人格精神已凝聚在"人生自古谁无死,留取丹心照汗青"两句诗中。到了近代,谭嗣同在燕京狱中以"我自横刀向天笑,去留肝胆两昆仑"两句诗宣示以身殉国的精神,留学异国的鲁迅用"寄意寒星荃不察,我以我血荐轩辕"之句来表达对祖国的满腔热爱。试问,除了诗歌之外,还有什么文化形态可以更简洁而完整地展示出如此高尚的道德情怀?又有什么文化形态可以在后人心上烙下更深刻的印痕?现代西方的诗歌理论中有一种观点认为道德因素应被从诗国摒除,认为过于强调道德会损害诗美,这种观点在中国古代诗歌中是完全不适用的。中国的诗歌史上也不乏唯美主义的风格倾向,但从来就没有占据过主流的地位。中国人崇尚的伟大诗人必须具备伟大的人格,中国人热爱的优秀诗篇必须蕴含高尚的道德情操。中国历代的读者评论诗人时坚持德才兼备的标准,衡量诗作时则坚持文情并茂的要求,正是出于对古典诗歌中所蕴含的道德意义的深刻体认。

所以,当后代的读者诵读那些家喻户晓的古代诗歌名篇时,他们在获得审美愉悦感的同时也在道德上接受了熏陶。这种熏陶不是抽象的道德说教,它是伴随着优美的意境和动人的形象而悄悄地进入你的内心的,它像"随风潜入夜,润物细无声"的春雨一样无声地滋润着你的心田,帮助你把自己的精神境界向着崇高的目标升华。前代的读者对于这种熏陶作用是非常重视的,他们甚至以主动接受的姿态在自己的阅读行为中强化了这种熏陶作用,从而增强了作品中所蕴含的道德力量。当汉初的贾谊遇谗南谪路经湘水时,作赋追吊屈原,以屈赋中所蕴含的舍身报国的精神作为自己的榜样。当北宋的宗泽因报国无路而忧愤成疾时,他长吟着"出师未捷身先死,长使英雄泪满襟"两句杜诗来表明心志。在日常的和平生活中,"莫等闲、白了少年头"的词句会催人奋发图强。在抵御外侮的战争时期,无数的爱国志士把"捐躯赴国难,视死忽如归"这两句诗当作鼓励自己为国捐躯的座右铭。这种优良的阅读传统已经在过去发挥过巨大的作用，它在今天也仍然具有强大的生命力。

　　亲爱的读者，当您在日常生活中担心自己陷入卑微琐屑的境地而难以自拔时，何不读读古人的名句警策来提升自己的精神境界呢？当您受到名缰利锁的束缚而难以摆脱时，何不读读古人的光辉格言来增强自己修身励志的力量呢？当您阅读严肃的德育教材而感到有些枯燥时，何不换取读起来相当轻松，而又能从审美的愉悦感中获得道德熏陶的本书来试试呢？本书从浩如烟海的古代诗歌文本中精选出特别富于道德意义的名句一百三十余则，按内容把它们分成"修身""立志""家国""爱民""德行""为官""交友"七大类，为每条正文提炼出道德关键词，目的就是想引导读者比较简捷地从古代诗歌的宝库中获得您所需要的富有道德意义的格言，并帮助读者比较准确地理解这些格言的道德意蕴。如果亲爱的读者在阅读本书时能分享我们在编写本书时所感受到的愉悦，那将是对我们的最大鼓励和鞭策。

莫砺锋

目录

修身第一

庄　重　如切如磋，如琢如磨 / 002

反　思　好乐无荒，良士休休 / 004

忧　患　战战兢兢，如临深渊，如履薄冰 / 006

洒　脱　纵浪大化中，不喜亦不惧 / 008

从　容　云散月明谁点缀，天容海色本澄清 / 010

淡　泊　丹青不知老将至，富贵于我如浮云 / 012

君　子　荣必为天下荣，耻必为天下耻 / 014

进　取　海有吞舟鲸，邓有垂天鹏 / 016

自　省　有发兮朝朝思理，有身兮胡不如是？ / 018

惜　时　劝君莫惜金缕衣，劝君惜取少年时 / 019

劝　学　少年辛苦终身事，莫向光阴惰寸功 / 021

慎　独　无言暗室何人见，咫尺斯须已四知 / 023

磨　砺　坚金砺所利，玉琢器乃成 / 025

乐　观　谁道人生无再少，门前流水尚能西，休将白发唱黄鸡 / 027

奋　发　莫等闲、白了少年头，空悲切 / 029

实　践　纸上得来终觉浅，绝知此事要躬行 / 031

纳　新　问渠那得清如许，为有源头活水来 / 032

慷　慨　家无担石凌万夫，义重丘山轻一死 / 034

谨　慎　长堤溃蚁穴，君子慎其微 / 036

强　体　万事不如身手好，一生须惜少年时 / 037

洗　练　炼金索坚贞，洗玉求明洁 / 039

知　足　营己良有极，过足非所钦 / 040

退　让　好事须相让，恶事莫相推 / 042

坦　然　失既不足忧，得亦不为喜 / 043

修　心　自是桃李树，何畏不成蹊 / 045

澄　净　洁白依金德，澄清有片心 / 047

寡　欲　吾有清凉雪山雪，天上人间常皎洁 / 048

旷　达　回首向来萧瑟处，归去，也无风雨也无晴 / 050

平　和　心安身自安，身安室自宽 / 052

立志第二

求　索　路曼曼其修远兮，吾将上下而求索 / 054

奋　励　猛志逸四海，骞翮思远翥 / 056

立　志　知君志不小，一举凌鸿鹄 / 058

勤　奋　少壮不努力，老大徒伤悲 / 060

雄　心　老骥伏枥，志在千里；烈士暮年，壮心不已 / 062

超　然　丈夫志四海，我愿不知老 / 064

高 远	九万里风鹏正举。风休住，蓬舟吹取三山去	/ 066
事 功	算平戎万里，功名本是真儒事，君知否？	/ 068
殉 道	知死不可让，愿勿爱兮	/ 070
气 节	人生自古谁无死，留取丹心照汗青	/ 072
人 格	不要人夸颜色好，只留清气满乾坤	/ 074
殉 志	志士不忘在沟壑，勇士不忘丧其元	/ 076
磊 落	莫厌栖栖，但存耿耿，得失区区何足哀	/ 077
顿 悟	众里寻他千百度，蓦然回首，那人却在，灯火阑珊处	/ 079

家国第三

友 善	落地为兄弟，何必骨肉亲？	/ 082
信 任	用人如用己，理国如理家	/ 083
勤 俭	历览前贤国与家，成由勤俭破由奢	/ 085
卫 国	国计已推肝胆许，家财不为子孙谋	/ 086
捐 躯	捐躯赴国难，视死忽如归	/ 088
报 效	谋身拙为安蛇足，报国危曾捋虎须	/ 090
牺 牲	相看白刃血纷纷，死节从来岂顾勋	/ 091
匡 济	苟无济代心，独善亦何益	/ 093
悲 壮	丈夫誓许国，愤惋复何有	/ 095
使 命	我欲乘舟去，击楫誓中流	/ 096
博 爱	穷年忧黎元，叹息肠内热	/ 098
守 土	尧之都，舜之壤，禹之封。于中应有，一个半个耻臣戎	/ 099

忠　诚　疾风知劲草，板荡识诚臣 / 101

爱　国　寄意寒星荃不察，我以我血荐轩辕 / 102

豪　迈　我自横刀向天笑，去留肝胆两昆仑 / 103

统　一　卷土重来未可知，江山亦要伟人持 / 105

热　血　一腔热血勤珍重，洒去犹能化碧涛 / 106

忘　身　出师未捷身先死，长使英雄泪满襟 / 108

爱民第四

悲　悯　长太息以掩涕兮，哀民生之多艰 / 112

友　爱　岂曰无衣，与子同袍 / 114

忧　国　公若登台辅，临危莫爱身 / 115

民　主　视人当如子，爱人亦如伤 / 117

除　弊　欲为圣朝除弊事，肯将衰朽惜残年 / 119

舍　己　但愿众生皆得饱，不辞羸病卧残阳 / 121

亲　民　些小吾曹州县吏，一枝一叶总关情 / 123

担　当　苟利国家生死以，岂以祸福避趋之！ / 125

仁　爱　安得广厦千万间，大庇天下寒士俱欢颜，风雨不动安如山 / 127

忘　己　达人无不可，忘己爱苍生 / 128

公　正　所不卖公器，动为苍生谋 / 130

有　为　当官避事平生耻，视死如归社稷心 / 132

情　怀　落红不是无情物，化作春泥更护花 / 133

德行第五

坚 贞	贞心凌晚桂,劲节掩寒松 / 136
冲 虚	霜松贞雅节,月桂朗冲襟 / 138
择 善	江南有丹橘,经冬犹绿林。岂伊地气暖,自有岁寒心 / 139
持 久	试玉要烧三日满,辨材须待七年期 / 140
刚 直	至宝有本性,精刚无与僻。可使寸寸折,不能绕指柔 / 142
专 一	此心非橘柚,不为两乡移 / 144
不 屈	生当作人杰,死亦为鬼雄 / 146
傲 骨	零落成泥碾作尘,只有香如故 / 148
无 畏	楚虽三户能亡秦,岂有堂堂中国空无人 / 149
傲 岸	青山是处可埋骨,白发向人羞折腰 / 151
不 悔	我最怜君中宵舞,道"男儿到死心如铁" / 152
凛 然	时穷节乃见,一一垂丹青 / 154
坚 强	千锤万击出深山,烈火焚烧若等闲 / 156
执 着	我愿平东海,身沉心不改。大海无平期,我心无绝时 / 157
安 贫	死犹未肯输心去,贫亦岂能奈我何 / 158
独 立	咬定青山不放松,立根原在破岩中 / 159
爱 憎	横眉冷对千夫指,俯首甘为孺子牛 / 160

为官第六

| 法 治 | 淑人君子,其仪一兮 / 164 |
| 敬 业 | 靖共尔位,好是正直 / 166 |

勤　政　肃肃宵征，夙夜在公 / 168

明　察　岂弟君子，无信谗言 / 170

慎　微　渴不饮盗泉水，热不息恶木阴 / 171

恭　慎　从官重恭慎，立身贵廉明 / 172

公　平　掌握须平执，锱铢必尽知 / 174

责　任　临事耻苟免，履危能饬躬 / 175

廉　洁　洛阳亲友如相问，一片冰心在玉壶 / 177

自　守　此乡多宝玉，慎莫厌清贫 / 178

固　穷　勿厌守穷辙，慎为名所牵 / 180

戒　贪　仁者耻贪冒，受禄量所宜 / 182

奉　献　良马不念秣，烈士不苟营 / 184

自　信　火不热真玉，蝇不点清冰 / 186

高　风　青松树杪千年鹤，白玉壶中一片冰 / 188

谦　退　居僻贫无虑，名高退更坚 / 189

安　民　安民即是道，投足皆为家 / 191

志　节　不论穷达生死，直节贯殊途 / 193

锄　奸　养花如养贤，去草如去恶 / 194

务　实　多难始应彰劲节，至公安肯为虚名 / 196

立　德　平生德义人间颂，身后何劳更立碑 / 197

交友第七

互　勉　愿君崇令德，随时爱景光 / 200

不　移　人生有新故，贵贱不相逾 / 202

诚　信　季布无二诺，侯嬴重一言 / 204

知　己　海内存知己，天涯若比邻 / 206

感　恩　千金未必能移性，一诺从来许杀身 / 208

牢　固　我有清风高节在，知君不负岁寒交 / 210

高　洁　纵被东风吹作雪，绝胜南陌碾成尘 / 212

守　诺　立谈中，死生同。一诺千金重 / 213

提　携　平生不解藏人善，到处逢人说项斯 / 215

如　水　清能律贪夫，淡可交君子 / 216

切　磋　闻多素心人，乐与数晨夕 / 217

交　友　带香入鲍肆，香气同鲍鱼 / 219

甄　别　别裁伪体亲风雅，转益多师是汝师 / 221

虚　心　水能性淡为吾友，竹解虚心即我师 / 223

坚　韧　蒲苇韧如丝，磐石无转移 / 225

相　思　衣带渐宽终不悔，为伊消得人憔悴 / 227

永　恒　两情若是久长时，又岂在朝朝暮暮 / 229

同　心　只愿君心似我心，定不负相思意 / 230

问　情　问世间，情是何物，直教生死相许 / 232

痴　情　若似月轮终皎洁，不辞冰雪为卿热 / 234

后　记 / 236

修身第一

庄　重

如切如磋，如琢如磨

《诗经·卫风·淇奥》：瞻彼淇奥，绿竹猗猗。有匪君子，如切如磋，如琢如磨，瑟兮僩兮，赫兮咺兮。有匪君子，终不可谖兮。　瞻彼淇奥，绿竹青青。有匪君子，充耳琇莹，会弁如星。瑟兮僩兮，赫兮咺兮，有匪君子，终不可谖兮。　瞻彼淇奥，绿竹如箦。有匪君子，如金如锡，如圭如璧。宽兮绰兮，猗重较兮。善戏谑兮，不为虐兮。

《淇奥》这首诗，按照汉代人的解释，是歌颂卫武公的。卫武公是西周之际一位贤明的国君，活了九十多岁，在位时间长达五十五年。据《国语·楚语》记载，卫武公九十五岁的时候，还勤于政务，并且作了一篇《懿》以自儆。卫人十分尊崇他的德行和功业，在他去世之后，谥其为"睿圣武公"。《淇奥》一诗，可以说是这种崇敬之情的诗化表述。

武公生当周室中衰、礼崩乐坏的时代，他作为康叔的后人，非常希望能够重振纲纪，挽救没落颓败的祖宗礼法，中兴周室。传说《诗经·小雅·宾之初筵》和《诗经·大雅·抑》皆是武公的作品。在这两首诗中，前者讽刺周幽王（一说周平王）君臣纵酒无度，失德败礼，荒淫误国；后者即是《国语》所说的《懿》，表面是自我警戒之作，实则包含对当朝君臣应当修德守礼、谨言慎行的忠告。由此可见，武公是一位充满忧患意识的政治家，他对个人道德修养的重视，认为个人修养与国运兴衰密切相关的观念，反映了一种泛道德化的政治理念，这种理念归结起来，就是《礼记·大学》所说的"诚意,正心,修身,齐家,治国,平天下"。它把个人的道德水平看作施政优劣的基准,个人的道德修养被认为是合格政治人才的必要条件。在这一点上,武公算得上是身体力行、言行足式的楷模。

《淇奥》诗中反复称颂武公是一位"有匪君子","匪"即"斐",意为文采,也就是举止优雅、有教养的意思。诗人用淇水边茂盛的绿竹起兴,暗喻武公外表容仪秀美而内里端庄有节。三章之中,分别用切磋、琢磨过的牛骨和象牙,冠上精光闪耀的宝玉以及朝会、祭祀上使用的圭璧等器物,赞美武公宽平磊落的气度和温厚精纯的德操。

三组比喻中,"如切如磋,如琢如磨"两句平易明白,最为人们传诵。《论语·学而》中,子贡就曾经引用这两句诗表示他对"贫而乐,富而好礼"的理解。"切磋""琢磨"这两个原本指器物制作技术的词语,已经逐渐演变为砥砺节操、探讨交流、钻研思考的意思,而它们所蕴含的反复磨炼、精益求精的意义却始终不变。

反 思

好乐无荒，良士休休

《诗·唐风·蟋蟀》：蟋蟀在堂，岁聿其莫。今我不乐，日月其除。无已大康，职思其居。好乐无荒，良士瞿瞿。 蟋蟀在堂，岁聿其逝。今我不乐，日月其迈。无已大康，职思其外。好乐无荒，良士蹶蹶。 蟋蟀在堂，役车其休。今我不乐，日月其慆。无已大康，职思其忧。好乐无荒，良士休休。

这首诗是《诗经·唐风》的首篇。《唐风》就是《晋风》。从公元前745年（鲁惠公二十四年）起，晋君和成师系统的斗争长达六十七年之久，晋国的政局动荡不安，加上土地贫瘠、物产匮乏，《唐风》中不少诗篇流露出当时的知识分子伤时忧乱、不满现实的情绪。

这首诗抒发了一位士人在岁暮之际的感慨：寒风乍紧，原本在野外鸣唱的蟋蟀，也悄悄地钻进了室内。不知不觉，又是年底了。节候的变迁勾起了诗人对光阴易逝、生命短促的感慨。他的心情是不无矛盾的：人生的美好时光是如此稍纵即逝，他情不自禁地想要抓住青春、及时行乐；但他很快就想起了自己所肩负的社会责任。个人的职责、本业之外的责任以及其他诸多社会事务，他都必须兢兢业业地完成。经过一番内心的冲突，最终他告诫自己：享乐应当适可而止，要像良士那样时时自我反思，保持敏捷勤快的状态，培养平和安宁的心境。这首诗结构严谨，论理清楚，表现出《诗经》文字省净简洁的一面。

这首诗反映了古代知识分子的戒慎惕惧的传统人格。《周易》

中就有"君子终日乾乾，夕惕若，厉，无咎"的说法，意思是君子整天自强不息，到了晚上还是警惕着，以防有什么闪失。同时，儒家思想要求人们对自然的情感和欲望加以控制，使之不过度。孔子"乐而不淫，哀而不伤"的观点，本来是用于赞美《诗经》的审美风格，但实际上也包含了享乐不宜过度的道德观念。孟子提出的"生于忧患而死于安乐"的主张，显然是对这一传统的发展。"好乐无荒，良士休休"蕴含的自我克制和自我反思的观点，对于我们今天培养健全完善的人格，无疑具有较大的启发意义。

忧 患

战战兢兢，如临深渊，如履薄冰

《诗经·小雅·小旻》：不敢暴虎，不敢冯河。人知其一，莫知其他。战战兢兢，如临深渊，如履薄冰。（节录）

汉儒解此诗大旨为讽刺周幽王或周厉王，今已难以确证。但是从全诗来看，它确实表达了对国家多灾多难的局势的忧虑心情，而且明确指出导致这种局势的原因是当政者昏聩无道。此处所引的是此诗的第六章，此章上承前五章对国家衰败形势的描述，表达了诗人对国事的深切忧虑。

"暴虎"是徒手与老虎搏斗，"冯河"是无船渡河，这是两种典型的不顾客观条件和实际可行性而任意妄为的行为。这种不负责任的行为所导致的后果当然是不言而喻的，它们对个人的损害仅止于一身；但是如果当政者也以这种态度来对待国事，那么其危害就难以估计了。所以诗人以警戒的口吻说："人知其一，莫知其他。"意即人们只知道上述行为的某一方面的危害，却不知它们的实际结果可能更为严重，因为一件灾难往往会引起连锁反应，从而派生出许多别的灾难。正因如此，诗人表达了他内心的深切忧惧，他仿佛走近深不可测的水渊，又仿佛脚踩薄薄的冰层，失脚坠入深渊或冰底的危险时刻存在，诗人因此而浑身颤抖。

"战战兢兢，如临深渊，如履薄冰。"这三句诗本是诉说诗人内心的恐惧忧虑，然而它们也体现出古人对于道德修养的深沉思考。中华民族的先民们在与严酷的自然条件斗争时充满了深沉的忧患意识，《庄子》中说："今世之仁人，蒿目而忧世之患。"这是对儒、墨等坚持入世的学派的思想面貌的准确描述。孔子曾说："人无远虑，必有近忧。"孟子则提出了"生于忧患"的著名命题。他们深切的忧患感来源于对国家、人民的责任感，因为正如《老子》所说，"治大国若烹小鲜"，治理一个国家，如果不是小心从事，如果不是深思熟虑而后行，则随时可能发生意想不到的危险。后代继承了孔、孟的忧患感的政治家们无不以这种小心翼翼的态度对待国事，而"战战兢兢，如临深渊，如履薄冰"便成为他们忧患意识的形象描写。

从这三句诗所浓缩成的"临深履薄"一语常常出于后代政治家之口，例如汉代的杨终、唐代的魏徵，都曾以这句话来劝诫帝王。即使在今天，当我们对某件事情进行谋划决策时，都应该抱着极端负责的态度来从事之，而"战战兢兢，如临深渊，如履薄冰"这三句话更应该成为现代所有负有一定责任的决策者的座右铭。

洒　脱

纵浪大化中，不喜亦不惧

　　晋·陶渊明《形影神》之《神释》：大钧无私力，万物自森著。人为三才中，岂不以我故？与君虽异物，生而相依附。结托善恶同，安得不相语！三皇大圣人，今复在何处？彭祖爱永年，欲留不得住。老少同一死，贤愚无复数。日醉或能忘，将非促龄具？立善常所欣，谁当为汝誉？甚念伤吾生，正宜委运去。纵浪大化中，不喜亦不惧。应尽便须尽，无复独多虑。

　　《形影神》三首诗，集中表达了陶渊明的哲学思想和人生观。在诗序中，陶渊明表明他的写作意图是对那些"营营以惜生"的人的批判。批判的对象，一般认为是当时流行的佛教"形尽神不灭"和道教"长生久视"的观念，也有人认为是玄学纵欲贪生的观念。

　　诗歌假设形、影、神三者，分别指代形体、影子和精神，互相对答，"极陈形、影之苦，言神辨自然以释之"。"形"代表贪生畏死、及时行乐的一类人。他们感慨于生命之无常，而道教的神仙术又不可靠，于是"得酒莫苟辞"，用今朝有酒今朝醉的态度消磨生涯。"影"代表主张名教，追求"立善遗爱"、声名长存的一类人。这些人认为肉体的长生是虚妄的，而精神的永存则可以期待。他们把身后的荣名看作是精神的寄托和生命的延续，渴望有限的生命凭借荣名而永垂不朽。"形""影"两者的生活态度不同，但其实都害怕生命消逝，面临同样的痛苦。

　　"神"代表诗人自己的观点。他认为死是生命之必然，像三皇那样的圣人、彭祖那样的寿星尚且不能免于一死，普通人又怎能例外？在必死这点上，"神"跟"形""影"没有分歧。它们的分歧在于怎样"生"。"形"以珍惜生命为名，纵欲沉酒，实际是戕害生命，这固然不足取。"影"为求荣名而行善，动机是利己而非利他的，那么谁会赞美你？谁又会传扬你的名声？因此"影"所热衷的精神不朽也不值得向往。过多地考虑"生"的问题，积忧成疾，反而容易伤身害生。陶渊明认为，正确的养生之道应当是"委运自然"。他借"神"之口解释"委运"，说："纵浪大化中，不喜亦不惧。应尽便须尽，无复独多虑。""大化"就是宇宙自然的变化，"纵浪"其间，就是顺遂自然之理。自然之理本非人力所能穷尽，生命的始终升沉，并非人力所能改变，与其忧生畏死，不如逆来顺受，听其自然。

陶渊明的这种人生观将生命和精神与自然融为一体，最大限度地享受自由生命的快乐。它的哲学渊源来自庄子，而陶渊明隐居自适的生活实践为它做了生动的注解："已矣乎，寓形宇内复几时，曷不委心任去留！胡为乎遑遑兮欲何之？富贵非吾愿，帝乡不可期。怀良辰以孤往，或植杖而耘耔。登东皋以舒啸，临清流而赋诗。聊乘化以归尽，乐夫天命复奚疑！"（《归去来辞》）沉重浮生因此多了一重乐观，一重旷达。

从　容

云散月明谁点缀，天容海色本澄清

宋·苏轼《六月二十日夜渡海》：参横斗转欲三更，苦雨终风也解晴。云散月明谁点缀，天容海色本澄清。空余鲁叟乘桴意，粗识轩辕奏乐声。九死南荒吾不恨，兹游奇绝冠平生。

宋哲宗绍圣元年（1094），苏轼被政敌章惇等迫害，贬至惠州，四年又贬至儋州，直至哲宗元符三年（1100），才获赦北归，在南方僻远之地度过了七年时间。他在渡过琼州海峡北上时，作了这首诗。

诗中前两句写夜中渡海的情景，本来风雨不止，但此刻似乎天解人意，雨过天晴。三、四句写云散月出，天空和海面都很澄清，这里不露痕迹地用了《晋书·谢重传》中的典故：谢重为会稽王司马道子骠骑长史，一次侍坐道子，此时夜月明净，道子称赏此景，谢重却说："意谓乃不如微云点缀。"道子开玩笑地对他说："卿居心不净，乃复强欲津秽太清邪！"苏轼运用这一典故来写眼前实景，含有非常丰富的言外之意。我们不妨做两种解读：一是说自己本是清白无辜的，虽然一时遭政敌迫害而被诬以种种罪名，但自己最终还是得到了昭雪。二是说天下本是清平世界，虽然一时受到邪恶势力的污染而变得污浊黑暗，但最终还是会恢复其清明本色的。五到八句以一种乐观的笔调写自己被贬，但自己只把它当作一次奇绝的旅行，很明白地表现出了苏轼乐观旷达的性格。

"云散月明谁点缀，天容海色本澄清。"这两句话的真实寓意虽然难以断言，但它们不是单纯的写景之句则是可以肯定的。它们至少包含着下述的道德寓意：只要自己正身直行，就不用担心别人对自己的诽谤与迫害，因为总有真相大白的时候，就像再猛烈的风雨也终将消歇，一旦云散月明，就会见到一碧万顷的天容海色了。同样，我们对任何的险恶形势都无须灰心丧气，因为它迟早是要销声匿迹的。所以这两句优美的诗句不但展示了一幅清朗开阔的海天图卷，而且揭示了一个发人深省的人生哲理，它们的道德寓意是十分深刻的。

淡　泊

丹青不知老将至，富贵于我如浮云

　　唐·杜甫《丹青引赠曹将军霸》：将军魏武之子孙，于今为庶为清门。英雄割据虽已矣，文采风流今尚存。学书初学卫夫人，但恨无过王右军。丹青不知老将至，富贵于我如浮云。开元之中常引见，承恩数上南薰殿。凌烟功臣少颜色，将军下笔开生面。良相头上进贤冠，猛将腰间大羽箭。褒公鄂公毛发动，英姿飒爽来酣战。先帝御马玉花骢，画工如山貌不同。是日牵来赤墀下，迥立阊阖生长风。诏谓将军拂绢素，意匠惨淡经营中。斯须九重真龙出，一洗万古凡马空。玉花却在御榻上，榻上庭前屹相向。至尊含笑催赐金，圉人太仆皆惆怅。弟子韩幹早入室，亦能画马穷殊相。幹惟画肉不画骨，忍使骅骝气凋丧。将军画善盖有神，必逢佳士亦写真。即今飘泊干戈际，屡貌寻常行路人。途穷反遭俗眼白，世上未有如公贫。但看古来盛名下，终日坎壈缠其身。

　　曹霸是盛唐时期著名的画家，尤其以画马名世，当时的人就称他的画品"神妙"。开元中期以后，他是最受唐玄宗青睐的宫廷画师；天宝末年因罪被削职为民。安史之乱后，杜甫与他在成都相识，一见如故。在另一首诗《韦讽录事宅观曹将军画马图歌》中，杜甫用诗笔对曹霸所画的骏马图作了生气淋漓的描摹；而在这首《丹青引》中，杜甫不仅为其画艺倾倒，更为其坎坷的身世感慨万千，这首诗可以说是一首歌行体的人物传记。

　　诗的开头，杜甫追溯曹霸的先世和师承：血统上，他秉承了曹氏父子的文采风流；书法则与书圣王羲之同出于卫夫人而造诣稍逊而已。可见曹霸的文艺天赋之高。而"丹青不知老将至，富贵于我如浮云"两句，则强调后天的专注修炼，所谓"用志不分，乃凝于神"。艺术创造需要天才，更需要后天的钻研；倘若没有后天孜孜不倦的求索进取，天才很容易就被消磨殆尽，"泯然众人"了。在我们熟知的伤仲永的故事里，天才陨灭于众人的捧杀，从反面说明了上述道理。杜甫则用诗语从正面夸赞曹霸执着的艺术追求。"丹青不知老将至"翻译成大白话，就是"永葆艺术青春"。艺术家必须自成一派，才能奠定自己的艺术史地位；但是成名成家的同时又容易因循保守，丧失了创新的动力和热情。曹霸老而弥笃的精神，为他的艺术创造提供了不竭的内在源泉。

俗话说：专攻一艺可成名，但如果仅仅将成名视作艺术追求的终极目标，必然会受困于名缰利锁，在艺术上裹足不前。从某种意义上说，艺术是超功利的，因此作为艺术主体的艺术家本身，也应当是自由而独立的。"富贵于我如浮云"，出自孔子的教诲："不义而富且贵，于我如浮云。"就是孟子所表彰的"富贵不能淫，贫贱不能移"的大丈夫的傲岸气概。在古代批评家看来，人品和作品密不可分，在达到"一洗万古凡马空"艺术境界的同时，曹霸已养成一种淡泊荣利、超凡脱俗的气质。

世俗的"成功"只如云烟过眼，艺术的价值绝非世俗的富贵所能衡量。在物欲横流的年代，这个道理中蕴含的清高自任的人格，越发显得珍贵了。

君 子

荣必为天下荣,耻必为天下耻

唐·齐己《君子行》:圣人不生,麟龙何瑞?梧桐不高,凤凰何止?吾闻古之有君子,行藏以时,进退求己。荣必为天下荣,耻必为天下耻。苟进不如此,退不如此,亦何必用虚伪之文章,取荣名而自美?

何为君子?

在先秦时代,君子原本是贵族的通称,是血统高贵的统治者才可以拥有的称呼。"礼乐下行"之后,血统不再决定命运,平民也可以接受教育,也有脱胎换骨跻身上层的机会了。自天子以至庶民,都有修炼成为君子的资格和可能,于是君子的象征便不仅仅是地位、身份、财富这些外在的标志,而更体现为教养、志向、品格这些内在的素质。

君子是人格的最高境界,也是天下众生的楷模,正如班固的《白虎通·号》所说:"或称君子者何?道德之称也。君之为言,群也;子者,丈夫之通称也。"就其个人而言,君子必须才德出众,志行高洁——这是所谓"道德之称";就社会影响而言,君子必须以天下为己任,表率群伦,泽惠苍生——这是所谓"群"。齐己的这首《君子行》用诗的形式对君子这一概念提出了自己的见解。

君子的道德是一种实践的道德,然而世道并不总是清明的,君子因此要懂得进退舒卷,"行藏以时,进退求己"表达的就是这重意思;而价值判断的标准就是"荣必为天下荣,耻必为天下耻"。

这两句话可以从两个方面来解读:第一,君子以天下之荣为荣，以天下之耻为耻。俗话所说的"从善如流"正是此意。第二，对于一样事物，君子认为是荣耀的，天下人便认为是荣耀的；君子认为是可耻的，则天下人也认为是可耻的。这就像孔子说的："君子之德风，小人之德草；草上之风必偃。"即是说，君子一定要成为感化天下的风标和表率。将这两种理解合起来，显然君子实际上是通向儒家所向往的"德政"的中介物：他既顺应民情，又引导民意；他既是人格理想的化身，也是社会理想的实践者。

一种有价值的东西，必然伴生赝品。伪君子便是真君子的赝品。"用虚伪之文章，取荣名而自美"，齐己批驳的这类伪君子，正如窃国愚民、欺世盗名的王莽之流，不过是道德上的蟊贼而已。

进 取

海有吞舟鲸,邓有垂天鹏

唐·韩愈《海水》:海水非不广,邓林岂无枝?风波一荡薄,鱼鸟不可依。海水饶大波,邓林多惊风。岂无鱼与鸟,巨细各不同。海有吞舟鲸,邓有垂天鹏。苟非鳞羽大,荡薄不可能。我鳞不盈寸,我羽不盈尺。一木有余阴,一泉有余泽。我将辞海水,濯鳞清泠池。我将辞邓林,刷羽蒙笼枝。海水非爱广,邓林非爱枝。风波亦常事,鳞羽自不宜。我鳞日已大,我羽日已修。风波无所苦,还作鲸鹏游。

俗话说:"人生世上风波险,一日风波十二时。"人间的道路本自崎岖,政治的路途更是布满陷阱和危机。韩愈在写作《海水》这首诗的时候,正准备离开徐州的武宁军节度使张建封的幕府。他对于仕途的险阻显然有了深刻的体认,这首诗便是他反思之后的一段自白。

诗的开头,用海水和邓林比喻浩瀚的世界。大海辽阔无涯,邓林广袤繁盛,鱼鸟本来不难在其中得到居所。但是"风波一荡薄,鱼鸟不可依。海水饶大波,邓林多惊风。"大海时见巨浪滔天,邓林常有飓风肆虐,这时的鱼鸟便不免流离失所、朝不保夕了。这显然是用自然界的风浪比喻人事的动荡莫测。

然而在这惊涛骇浪中,却有一些庞然大物不为所动,反而乘着风力和海势越飞越高,越游越远。这些就是"吞舟鲸"和"垂天鹏",是生物的魁杰,是天地的巨灵,风浪不是摧毁他们的力量,而是他们展示自身力量的凭借。韩愈自忖,"我鳞不盈寸,我羽不盈尺。一木有余阴,一泉有余泽。"还不过是一尾细鱼,一只小鸟,一株树木便足以栖息,一口泉水便足以止渴,在风浪来临之时无处容身,难以自保。这个时候,弱者或许会怨天尤人,全身远害;强者则会遇挫愈奋,自强不息。"风波亦常事,鳞羽自不宜。"韩愈承认弱小,承认失败,更深知风波永远不会停止,世路永远不会平坦。但是他丝毫没有被挫折和危险所屈服,而是坚信通过磨砺志行,激流勇进,最终一定能养成像鲸鱼和大鹏那样的雄健气魄。"我鳞日已大,我羽日已修。风波无所苦,还作鲸鹏游。"倘若有了驾驭风暴的能力,风暴又怎能加害于我呢?

"海有吞舟鲸,邓有垂天鹏。"人的一生难免经历坎坷,在困境中,只有强者才能生存;而要战胜困难,首先要战胜自己,超越自我。韩愈的这首《海水》用寓言的方式生动地讲述了这个道理。这也正是儒家所主张的"天行健,君子以自强不息"的精神。

自　省

有发兮朝朝思理，有身兮胡不如是？

唐·卢仝《梳铭》：有发兮朝朝思理，有身兮胡不如是？

"铭"，是古代一种告诫性的文体。铭文通常书写或者镌刻在日常用品上面，以便随时劝勉、警惕自己的言行。

儒家认为，万事万物莫不有理，而人心和物理是相通的，因此，就要"格物""致知"，由明白事理而端正心术。日常器物原本各有形制、各有功用，但是由此揣摩、联想，引申到道德人生的方面，它们就充满了哲理暗示。这是一种很形象化的感悟方式。

卢仝是中唐诗人，诗风险怪，意义隐晦，不过这篇《梳铭》倒是简洁清晰。它从梳子梳理头发的功能，联想到人的品格同样需要悉心护理，采用比喻的方式形象地说明了"修身"的重要。

"修身"的重要性，从大处讲，个人是国家的根本，个人的良好品格就是政治清明的保障。作为明君典范的唐太宗就说："若安天下，必须先正其身。未有身正而影曲，上治而下乱者。"（《贞观政要·君道》）从小处讲，道德品质是一个人安身立命的根本，"立身一败，万事瓦裂"（柳宗元语）。这样的正反例子在现实生活中屡见不鲜。

古人"修身"的功夫之一，是不断的自我反省。尽管《论语·学而》所记载曾子的"吾日三省吾身"，以及"有则改之，无则加勉"的道德自律原则，对习惯于自我肯定的现代人，看起来像是不切实际的道德洁癖，但是反省仍旧不失为自我沉潜激励的好办法。在大街上流行披头散发的年代，一丝不苟何尝不是一种风骨的宣示？

惜 时

劝君莫惜金缕衣，劝君惜取少年时

唐·无名氏《杂诗》：劝君莫惜金缕衣，劝君惜取少年时。有花堪折直须折，莫待无花空折枝。

这首《杂诗》又题《金缕衣》，是中唐时期颇为流行的歌曲。它的作者和曲调已经不得而知了，但它所反复咏叹的珍惜光阴的道理，则随着它那回旋荡漾的节奏，让人久久回味。

时间是生命的度量，珍惜时光就是珍惜生命的同义词。生命中有许多价值连城的宝货，可是有哪一样能跟青春韶华相提并论？用有形有价的财物来反衬无形无价的光阴，这种修辞方式在古人那里再普通不过了。作为通行的启蒙课本的《千字文》就有"尺璧非宝，寸阴是竞"的话，"一寸光阴一寸金，寸金难买寸光阴"更是妇孺皆知的谚语。这里用"金缕衣"与"少年时"相比衬，无非也是用同样的方式说明同样的道理。可是道理虽然浅显，世上仍是追逐金钱者多，爱惜光阴者少。前人反复叮咛的良苦用心，早被看成老生常谈了吧？

少年正是生机盎然、前途无量的年纪，繁华的世界刚刚在他们面前展开，而他们手中握着这世界上最有价值的东西——时间。时间是生命最可贵的资本，可并不是每一个少年都善于经营自己的时间。且喜且惧之间，光阴已倏忽飞逝，来不及商量，容不得追悔。青春的鸟儿一去不返，生命的鲜花逐水东流。"有花堪折直须折，莫待无花空折枝。"是过来人温和的劝诫，婉转而含蓄，而不同的人从中获得了不同的人生启示：享乐主义者看见了及时行乐，悲观主义者看见了人世无常,现实主义者看见了与时俱进,理想主义者看见了春色满园……

"莫倚儿童轻岁月,丈人曾共尔同年。"(唐·窦巩《赠王氏小儿》)人人都曾经拥有花样的年华,唯有珍惜它的人,才能为生命增添华彩。这首质朴的《杂诗》值得我们再三吟诵。

劝 学

少年辛苦终身事,莫向光阴惰寸功

唐·杜荀鹤《题弟侄书堂》:何事居穷道不穷,乱时还与静时同。家山虽在干戈地,弟侄常修礼乐风。窗竹影摇书案上,野泉声入砚池中。少年辛苦终身事,莫向光阴惰寸功。

"玉不琢,不成器;人不学,不知道。"这句经由《礼记·学记》而广为人知的古老格言,充分说明了古人对学习的重视。古人将"问学"看作是"问道"的阶梯,是人格培养的必由之路。"劝学"也成为传统的道德训诫中重要的一环。杜荀鹤这首《题弟侄书堂》便是不计其数的劝学作品中的一篇佳作。

"何事居穷道不穷,乱时还与静时同。家山虽在干戈地,弟侄常修礼乐风。"这里,杜荀鹤其实表达了他对子弟们的双重赞誉:安贫乐道和诗礼传家。安贫乐道是古人高尚品行的一个标志,孔子就极口夸赞他的得意门生颜回"一箪食,一瓢饮,在陋巷,人不堪其忧,回也不改其乐。贤哉,回也!"杜荀鹤生当唐末乱世,他的家乡所在的淮南地区又常年干戈相寻。在兵荒马乱之际,杜氏家族的后生居然能够不为所动,仍旧像生活在太平岁月一样好学不倦,不禁令他感慨万千。"诗礼传家"是古代的家族乐于自诩的荣耀,一则意味着拥有读书仕进的前程,二则庶几表示自家精神血脉的清高。因此,即使是生逢乱世,也不忘寻求一块放得下书桌的"净土"。读书的种子不绝,家族的希望就不会熄灭。杜荀鹤为子弟自豪,也为家族骄傲。

语云:"书山有路勤为径,学海无涯苦作舟。"少年心地清明,容易接受知识；少年又心性未定，容易分心旁骛，视学习为畏途；而学习的道路决不因畏惧而平坦。因此杜荀鹤在表扬之余，特地拈出"辛苦"二字相激励："少年辛苦终身事，莫向光阴惰寸功。"读书求学，从来不是一件轻松的事情，它需要恒心和毅力、坚持和忍耐，但这一时的辛苦换来的将是终身的快乐和成功的基石。这是对子弟的勉励，也是对天下少年人的劝诫。

慎 独

无言暗室何人见，咫尺斯须已四知

唐·周昙《杨震》：为国推贤匪惠私，十金为报遽相危。无言暗室何人见，咫尺斯须已四知。

杨震是东汉时期的著名学者，他为人正直，博览群书，后来做了大官。有一次，他经过山东一个叫昌邑的地方，昌邑的县令名叫王密，是杨震举荐为官的。为了报答杨震的恩情，王密就在夜里带了十斤黄金，要赠给杨震。杨震叹口气说："我们是老朋友，我对你比较了解，可你却还不了解我的为人。"王密以为他是怕别人知道这件事，就说："这是夜里，并没有任何人知道。"杨震更加不高兴地说："天知，神知，我知，你知，怎么能说没有人知道呢？难道没有人知道就可以做出这种事情吗？"一席话把王密说得惭愧地走了。

这首咏史诗说的就是这则故事，既歌颂了杨震的正直清廉，也蕴含着丰富的道德教育意义。常言道：若要人不知，除非己莫为。一件坏事，能够掩盖得了一时，却最终逃脱不了正义的眼睛，总有一天要受到公正的审判。作为一个正直的为官者，更要时时刻刻注意自己的言行，而且要自觉自愿地把清廉化入自己的思维方式和世界观中。一句话，要廉洁自律，不要当外在的社会规范强加于自己之后才不得不检视自己的行为。

"无言暗室何人见，咫尺斯须已四知"这句话，正说明了正义行为是需要内在的自觉的：即使在没有人知道的情况下，一个人也要坚守清白。尽管天地神灵之类的东西是虚幻的，但自己的良心和良知却是真实存在的，是污染不得、欺骗不得的。就像孔子所追求的最高道德原则"仁"一样，"我欲仁，斯仁至矣"。这种道德必须化为日常行为，看起来似乎很远很难，事实上却完全在于自己内心的把握。所以古人又说："天作孽，犹可活；自作孽，不可救。"天理昭昭，正义和清白是需要自己自觉去遵守和维护的，反过来也是如此。

磨　砺

坚金砺所利，玉琢器乃成

宋·欧阳修《赠学者》：人禀天地气，乃物中最灵。性虽有五常，不学无由明。轮曲揉而就，木直在中绳。坚金砺所利，玉琢器乃成。仁义不远躬，勤勤入至诚。学既积于心，犹木之敷荣。根本既坚好，翁郁其干茎。尔曹宜勉勉，无以吾言轻。

欧阳修是北宋时期的著名学者，也曾做过很高的官。他喜欢奖掖后进，更喜欢扶持年轻人。北宋时的著名文人如苏轼、苏辙兄弟和王安石等人都曾得到过他的扶持。这首诗也是写给当时一些青年学子的，劝他们好好读书，把基本功打好。

欧阳修首先肯定了人在天地间的崇高地位，是"物中最灵"，这与莎士比亚借哈姆雷特之口说的人是"宇宙之精华，万物之灵长"为同一意思。但人的本性虽大致相同，但若不经过学习，也难以发挥人的灵性，就像笔直的树木要想做成弯曲的车轮，必须经过"揉曲"的功夫一样。同理，尖锐的利器也是经过磨砺而成的，宝玉虽好也须经过雕琢。人经过学习之后，懂得了做人的道理，学到了知识，然后才能成才，才能做一个对国家、对社会有用的人。古人说：腹有诗书气自华。意思也是这样。因而，经过读书学习之后，有了知识，掌握了本领，就好像树木开花一般，自然多了一份灵秀之气。学习的基础打好了，今后的发展也就容易得多了。就好比树有坚强的"根本"之后，自然枝繁叶茂了。

先秦时的大儒荀子在《劝学篇》中也说过："学不可以已。青取之于蓝，而青于蓝；冰水为之，而寒于水。木直中绳，揉以为轮，其曲中规；虽有槁曝，不复挺者，揉使之然也。故木受绳则直，金就砺则利。"应该说，欧阳修的这些话是受到荀子的影响的。而他本人是个著名的学者，当时又德高望重，所以他结合自己的亲身体验写下了这首诗，对年轻的学子来说，当然有着深刻的影响和不同凡响的教育意义。

正如俗话所说的，"宝剑锋从磨砺出，梅花香自苦寒来"。不经过千锤百炼和认真学习，想要一下子取得多大的成就是不可能的。欧阳修正是以他的实际成就和切身体会告诉年轻的学子们这一道理。这些话对于我们今天来说，依然不过时。

乐 观

谁道人生无再少,门前流水尚能西,休将白发唱黄鸡

宋·苏轼《浣溪沙》:山下兰芽短浸溪,松间沙路净无泥。潇潇暮雨子规啼。谁道人生无再少,门前流水尚能西,休将白发唱黄鸡。

宋代文人苏轼才华横溢,不但诗词文赋作得好,还擅长音乐和绘画。然而,他虽有辅国救民之志,一生却坎坷不平,不断受到打击。尽管如此,他总是乐观豪迈,没有悲观消沉,这首词中的最后几句就是这样。

苏轼写这首词的时候,正在贬居黄州期间。元丰五年(1082)三月,他去蕲水县(即今湖北省浠水县)清泉寺游玩,这个寺的前面有一条小溪名叫兰溪,溪水与其他河流不同的是,水流的方向不是向东,而是向西。清泉寺附近风光优美,本来就酷爱大自然的苏轼与友人同游此处,不禁诗兴大发。虽然他在贬居期间,是人生的失意之时,但一旦徜徉于如此美好的自然山水之间,一下子觉得人生的小小失意不值一提,加上他天性旷达开朗,自是对人生有了进一步的理解和体验。词中前面三句写的就是周围环境的幽雅寂静:小溪流水潺潺,岸边兰芽初绿,松间沙路一尘不染,暮雨潇潇,杜鹃声声,好一个世外仙境。诗人在这妙不可言的美景中,忽然体悟到一种人生的哲理:谁说人生不可以再度年轻呢?你看看,门前小溪中的流水尚且能够向西而流,难道青春就不能去而复回吗?这样一想,我们也就不必整天感叹时间的迅速流逝和一去不回了。"白发"和"黄鸡",人们通常用来比喻人生短促,容易发为

感伤。但苏轼反其道而行之，表示不必为此而烦恼。这种想法往往是豁达乐观者和有志之士才有的。

曹操曾有诗说："老骥伏枥，志在千里；烈士暮年，壮心不已。"这是从正面表达老当益壮的人生态度。苏词的立意虽然与之不同，但是其中所蕴含的人生观却是极其相似的。苏轼用溪水西流的鲜明意象昭示人们：只要对人生和生活有乐观的态度和坚定不移的信心，年龄的大小就不再成为自甘沉沦的理由，一切都是事在人为，在人生的任何阶段都应该发奋图强。

奋 发

莫等闲、白了少年头，空悲切

宋·岳飞《满江红》：怒发冲冠，凭栏处、潇潇雨歇。抬望眼，仰天长啸，壮怀激烈。三十功名尘与土，八千里路云和月。莫等闲、白了少年头，空悲切。　靖康耻，犹未雪。臣子恨，何时灭。驾长车，踏破贺兰山缺。壮志饥餐胡虏肉，笑谈渴饮匈奴血。待从头、收拾旧山河，朝天阙。

岳飞抗金的故事流传至今，几乎家喻户晓。他的这首词也是千古绝唱，其高亢的情调，昂扬飞动的气势，千百年来鼓舞了多少仁人志士！这首词先从英雄失路的悲愤情怀写起：面对着潇潇细雨洒江天，依凭着栏杆，想到大片没有收复的国土以及在敌人铁蹄下的沦陷区百姓，不禁感慨万千，热血沸腾，恨不得立刻指挥金戈铁马，向侵略者怒吼一声"还我河山"。然而，现实中总有不遂人愿之处，自己空有一身抱负，却难试身手。因为，朝廷上还有一批胆小如鼠的"主和派"，他们被金人侵略者吓破了胆子，为了维护自己的个人利益，不惜屈膝投降以求一时的苟安，而主和派还包括最高统治者在内。岳飞为国家鞠躬尽瘁，立下了汗马功劳，但他的种种努力却在主和派的掣肘之下毁于一旦。一念至此，怎能不长叹一声："三十功名尘与土，八千里路云和月！"

但英雄的过人之处就在于，他绝不会为一时的挫折而灰心丧气，即使现在还难以完成收复河山的统一大业，却绝不会放弃这个志愿。更何况，古人有"老骥伏枥，志在千里；烈士暮年，壮心不已"之说，自己现在还正值壮年，当然更应该及时努力。所以，他的心中又豪情万丈："莫等闲、白了少年头，空悲切。"抓紧时间，不要空自嗟叹，浪费了大好时光。现在正是养精蓄锐的时候，一旦有机会报效国家，我将率领将士们直捣黄龙，收复大好河山。

"莫等闲，白了少年头，空悲切"，这几句词，虽在此词中有特定的背景，却有着更深广的道德教育意义。自古以来，人们都在感叹光阴易逝，一去不返，有人因此而消沉，也有人因此而倍感珍惜，就像汉乐府中所说的"少壮不努力，老大徒伤悲"一样，如果一个人年轻时不努力的话，一旦年已老大而一事无成，必然后悔当初虚度光阴，可是即使你痛悔悲切，又于事何补？所以，不要因为少年时觉得时间还多，就因此而任其白白流淌，应该及时努力，好好把握时间，莫蹈"老大徒伤悲"的老路！

实 践

纸上得来终觉浅,绝知此事要躬行

宋·陆游《冬夜读书示子聿》:古人学问无遗力,少壮工夫老始成。纸上得来终觉浅,绝知此事要躬行。

南宋大诗人陆游非常勤奋,一生写了近万首诗,他读书也很多,是著名的学者。这首诗就是他写给最小的儿子的,告诉他读书和做人的道理。首先,他说古代很多有学问的人并非天生就是知识渊博的,那么他们靠的是什么呢?是"工夫"。而且,这种功夫是从小就要下的,要不遗余力地下功夫,这样,基础打好了,一个人的学问有了坚实的基础,到老的时候才能有所成就。但是,陆游在这里并不是仅仅要求儿子多读书就可以了,后面两句"纸上得来终觉浅,绝知此事要躬行"才是此诗的真正主旨。

我们今天常说,实践是检验真理的唯一标准。陆游的这两句诗其实也含有这个意思。因为,读书学到的主要是书本知识,而真正的知识是需要从实践中获取的。如果一个人满腹诗书,但却不能灵活运用的话,读书再多也是无用的。古代有纸上谈兵的故事,嘲笑的就是光知道空头道理,而一到实践中便破绽百出的人。我们今天也常常认为"死读书,读死书"并不是什么好办法,这与陆游这里说的都是同一个道理。确实,任何纸上得来的东西,能否成为真正有用的知识,必须经过亲自的实践,也就是"要躬行"。

纳 新

问渠那得清如许,为有源头活水来

宋·朱熹《观书有感》:半亩方塘一鉴开,天光云影共徘徊。问渠那得清如许,为有源头活水来。

这是一首哲理诗。一般来说,在诗中表现哲理,往往容易把诗写得枯燥无味,损害了诗的韵味。但如果写得好的话,反而使诗歌的表现力更强,更耐人寻味。比如苏轼《题西林壁》所写的:"横看成岭侧成峰,远近高低各不同。不识庐山真面目,只缘身在此山中。"朱熹这首诗说的是读书的道理,但却没有板着面孔讲大道理,而是先做了一个形象的比喻:半亩方塘中,水面清澈而平静,如一面镜子。"镜子"里风光无限,天光云影共相徘徊,可谓美不胜收。下面紧接着问了一句:为什么这半亩方塘里的水会如此地清澈呢?最后一句做了回答:原来,这不是一潭死水,而是有源源不断的活水流进来。从表面上看,这首诗似乎是在写春天里的一片景色,实则却是精妙的比喻。

"半亩方塘"暗指人的心灵,"天光云影"则指心中的思想。为什么方寸之间能容纳如此广阔无边、风光无限的丰富思想呢?为什么一个人的思维能达到如此清晰、深透的程度,能对宇宙万物和人生百态都有深入的理解呢?朱熹认为正如半亩方塘的清澈来自"源头活水",人们心中的清晰思维也得益于源源不断的思想源泉。这个源泉或许是指读书明理,那是从古人智慧的丰厚积累中汲取思想的营养;或许是指从客观世界中格物致知,那是从实践活动中获取启迪。到底指什么,朱熹并未明说,这就留给读者非常广阔的想象空间。但是不管此诗的喻体到底是什么，其中所蕴含的哲理却是相当清楚的：如果你想使自己的思想保持清晰，并使自己的思维保持活泼，那就一定要不断地从外界汲取新的思想营养。绝不能故步自封，绝不能妄自尊大，否则你的心灵就不可能出现"天光云影共徘徊"的生动状态。应该看到，朱熹这两句诗的主要意义在于指示我们在增进自己的学养时所应注意的心态，但是它在如何增进自己的道德修养方面同样有着深刻的启迪意义。朱熹等理学家所向往的精神境界是"鸢飞鱼跃"的活泼泼的状态，而注重从"源头活水"汲取无穷无尽的新营养正是达到此种境界的重要手段。

慷 慨

家无担石凌万夫，义重丘山轻一死

　　明·陈子龙《贫交行》：群龙战野风云尽，攀鳞附翼常相引。刘公本藉东海赀，周郎亦指临淮囷。慷慨空余一片心，经年落魄任浮沉。纵横无计酬白璧，英雄缔构须黄金。君不见绳枢蓬户轵深里，夷门老人贫莫比。家无担石凌万夫，义重丘山轻一死。结纳还论意气奇，感恩何用钱刀为？古来争说原陵客，世上悠悠程卓儿。

　　崇祯十七年（1644）三月，李自成率农民起义军攻克北京，崇祯帝自杀。接着，清兵入关，李自成战败。清兵南下时，受到江南人民的顽强抵抗，民族矛盾空前激烈。许多爱国志士纷纷参加抗清斗争，其中包括不少爱国诗人，如夏完淳、张煌言、瞿式耜等。陈子龙更是其中的杰出代表，他写下了大量气壮山河的诗篇，其中充满了挽救民族危亡的急切呼吁。不仅如此，他还亲自参加抗清斗争，拼死一搏，最后被清兵所掳，赴水殉国，表现了壮烈的民族气节。

　　陈子龙到处奔走呼号，不辞辛劳，且每每为抗清阵营内部的种种矛盾和实际困难而感慨万千。顺治二年（1645）六月，清兵攻克苏州，接着又进攻松江（在今上海市）。松江是陈子龙的家乡，他与沈云升、吴志葵等志士们一起积极倡议守城。但守城必须要招募兵勇，招募则需要资金。沈云升家较富裕，毅然献出了五千金，但尚远远不够。陈子龙虽然慷慨激昂，欲与城共存亡，无奈家中贫穷，根本拿不出什么钱，而一些富家大室又冷眼相看，不肯相应，他感到痛心不已，又无可奈何。"家无担石凌万夫，义重丘山轻一死"，说的就是自己此时此刻的感受。陈子龙当然愿意毁家纾难，可实际上却无法实现自己的报国之愿，于是只能用诗句来倾诉自己以身许国的决心，这是英雄在无可奈何之际的激烈心声。

陈子龙最后并未能实现自己毁家纾难的志愿，他所万分眷恋的明王朝后来也灭亡了。然而正义不灭，他的英雄气概和壮烈情怀将永垂史册。

谨 慎

长堤溃蚁穴,君子慎其微

清·王懋竑《书座右》:长堤溃蚁穴,君子慎其微。生平操持力,不敌一念非。波浪浮天阔,潺潺决四围。内省增叹息,已往安可追。(节录)

世上的事情往往都是循序渐进的,突发事件毕竟是少数,所以人们常说:莫以善小而不为,莫以恶小而为之。其意思是,做好事是从点点滴滴开始的,不要因为一件好事比较小就不愿意去做,也不要因为一件坏事比较小,觉得无关紧要,从而放松了应有的警惕。"长堤溃蚁穴,君子慎其微"这句话,就是通过"千里长堤,溃于蚁穴"的古训来说明这个道理。诗人认为,要想成为一个真正的君子,须对自己的行为十分谨慎,并且要自始至终地保持"慎独"的警惕,千万不要因为一念之差而断送了一世清名。因为人性是有弱点的,哪怕是品德非常高尚和完美的人,也可能在某些特殊时刻做出不合道德的事情,也就是诗人诗中所说的"生平操持力,不敌一念非",若真是这样,一旦醒悟过来,恐怕悔之晚矣,所以说"内省增叹息,已往安可追"。古今中外许多事例都说明,天生就是元凶大恶的人恐怕很少,有的人之所以后来成为大奸大恶,往往也是先从某些细小的坏事开始的。及至由少积多,由小成大,渐渐地也就改变了自己的善良本性,最后陷于万劫不复的深渊。

强 体

万事不如身手好，一生须惜少年时

现代·王国维《浣溪沙》：草偃云低渐合围，雕弓声急马如飞。笑呼从骑载禽归。万事不如身手好，一生须惜少年时，那能白首下书帷。

王国维是埋首于书斋的学术大师，可他却在打猎的过程中体悟到人生的一个最简单的道理："万事不如身手好，一生须惜少年时。"这首词的前几句是写打猎的人们兴高采烈地满载而归，看着这种热闹场面和人们的高兴劲儿，诗人不禁感叹：人生在世，自是有许多追求，而且不同的人有着不同的追求，但归根结底，能有强壮而健康的体魄、敏捷的身手，比什么都重要，甚至可以说是人生第一要事。当然，诗人所描写的可能有其具体场景，因为这些有着好身手的打猎者大都是年轻人，所以他紧接着说"一生须惜少年时"。年轻人可能还没有值得炫耀的学识和财富，也没有什么社会地位和人生经验，但他们拥有的是青春活力和好身手，而这些恰恰是人生中最重要的东西。诗人作为一介书生，自然而然地由此产生联想：他们拥有的好身手真是令人羡慕的，比一个整日待在书屋中的书生强多了，也快乐多了。

虽然诗人在这里所揭示的人生哲理是因具体场面而发的，但却具有普遍意义。这两句话其实蕴含着多重的人生道理。其一，人首先要有好身体和好身手，然后才谈得上对事业的追求，人们常说健康是事业的基础，也就是这个意思；其二，好身体和好身手当然是青春年少的产物，这个阶段是人生最为美妙的时期，应当好好把握，千万不要轻易地抛掷青春，浪费大好年华，而应趁此时机努力奋斗，为今后的事业打下坚实的基础；最后，生命是人生第一要事，一切的功名富贵等等都是身外之物，是生不带来，死不带去的东西，因此，有如此好身手，其实已经把握到人生的真谛。

洗 练

炼金索坚贞，洗玉求明洁

唐·孟郊《投所知》：苦心知苦节，不容一毛发。炼金索坚贞，洗玉求明洁。自惭所业微，功用如鸠拙。何殊嫫母颜，对彼寒塘月。（节录）

此诗是孟郊投赠他的朋友之作。孟郊一生贫寒，生活困顿。这八句自诉身世，其中"炼金索坚贞，洗玉求明洁"两句是申述自己坚贞高洁的品格。这两句诗有两层含义，一是对自己品格的自觉维护，以保证自己品格的纯洁。就像金玉一样，它们的坚贞与明洁也并不是一成不变的，需要人们的保养。二是对品格提出更高的要求。诗人没有满足于已有的高洁品格，而是进一步努力提高其水准。这也像金玉一般，金子本身够坚贞了，但还是炼了又炼，目的是让它更加坚贞纯粹；玉本身较为洁白，但还是洗了又洗，目的是让它更加明亮洁白。这体现出诗人对坚贞高洁品格的不懈追求。

常言道，学无止境，不仅在知识和本领的学习上是如此，在道德品质的修养上也是如此。只有不断追求，才能保证自己的品格不会停滞或退步，否则金玉也会蒙上尘垢，失去原有的坚贞与明洁。

知　足

营己良有极，过足非所钦

晋·陶渊明《和郭主簿》：蔼蔼堂前林，中夏贮清阴。凯风因时来，回飚开我襟。息交游闲业，卧起弄书琴。园蔬有余滋，旧谷犹储今。营己良有极，过足非所钦。春秫作美酒，酒熟吾自斟。弱子戏我侧，学语未成音。此事真复乐，聊用忘华簪。遥遥望白云，怀古一何深。

这首诗中的郭主簿的名字行迹不详。此诗作于诗人归隐躬耕之前，此时诗人已经体会到闲居田园的乐趣。

诗人是这样描绘田园之乐的：屋前的树木已经成林，绿荫清凉得如同一汪碧潭。凉风习习吹来，诗人的衣襟也随之飘动。他谢绝了一切交游，或坐或卧，独自把玩着喜爱的琴书。此时园中的蔬菜和去年的粮食都还有些积余，这样的物质生活已令诗人十分满足，过分的奢华不是他所向往的东西。谷子制成的美酒散发着芬芳，他自斟自饮，陶醉于其中；尚在哑哑学语的幼子嬉戏于身旁，这天伦之乐更增添了闲居生活的情趣。此时此刻，诗人觉得田园生活可以使人忘却富贵名利，他情不自禁地发出了"此事真复乐"的赞叹。恍惚之间，他觉得自己与上古那些仙人一道逍遥于仙境帝乡。

"营己良有极，过足非所钦"两句表现了知足常乐的人生境界。世人沉溺于对身外之物的追求，殊不知物欲本身是没有止境的。越是营己，就越是为外物所困扰。诗人天性淡泊，领悟到盲目追求物欲的悲哀，深感钟鸣鼎食的奢华是多余的，由衷地喜欢粗茶淡饭的乡居生活,正因如此,他才能充分地领略闲居田园的乐趣。陶渊明闲静恬淡的人格和他的清新隽永的诗句,如同阵阵清风,涤荡着一代又一代人的心灵,平息着人们由名利激起的躁动和焦虑。时至今日,商品经济的大潮几乎冲击着社会的每一个角落,"营己良有极,过足非所钦"这两句更具有警世的意义:只有达到了知足常乐的精神境界,平凡的生活中才会处处有快乐。

退 让

好事须相让,恶事莫相推

唐·王梵志《梵志诗》:好事须相让,恶事莫相推。但能辨此意,祸去福招来。

王梵志的家世和生平的具体情况,现在已很难确切知道。他大概生活在隋末唐初时期,出生时家庭还比较富裕,五十岁左右家道中落,他因此饱尝了穷苦生活的辛酸,也深刻体验了世态炎凉、人情冷暖。王梵志思想十分错综复杂,杂糅了儒释道三种成分。

这首诗体现了王梵志诗语言浅切明快的特点。诗中阐述的道理似乎也很简单:遇到好事要让给别人,碰到坏事却不能推诿于他人。如果能够做到这一点,就能避祸得福,一生平安。值得注意的是这里的"好事"与"恶事"的内涵是指利害关系上的有利与无利。这首诗揭示了得失与祸福的辩证关系,阐明了互相谦让、吃亏是福的道理。这两句诗告诫世人在利益面前要学会谦让,遇到于己不利的事情时要敢于承担,这样才能去祸得福。

儒家文化十分推崇谦让的美德。据古史记载,在舜、文王等贤明的君王当政时,耕田者纷纷让畔(给对方更多的土地),把官位让给他人的事迹也为数不少。道家则认为退让是保全自我的重要方法。"好事须相让,恶事莫相推"两句包含了儒家道德和道家智慧两种成分,有利于促进全社会的和谐安宁。

坦　然

失既不足忧，得亦不为喜

　　唐·戴叔伦《古意》：悠悠南山云，濯濯东流水。念我平生欢，托居在东里。失既不足忧，得亦不为喜。安贫固其然，处贱宁独耻。云闲虚我心，水清澹吾味。云水俱无心，斯可长伉俪。

　　戴叔伦（732—789）是唐代大历时期与韦应物、独孤及齐名的"位卑而著名"的循吏，一生政绩卓著。他服膺儒家思想，为人廉正。其诗以语言朴实而内涵丰富著称。
　　这是一首抒发归隐之思的作品。诗人面对着悠悠的南山白云和濯濯的东流清水，内心充满了宁静和喜悦。他思念起东里的朋友，领悟到人生的真谛：对于人生的种种得失，不必太过喜悦或忧伤。要坦然面对物质上的贫困，地位卑微也不必感到羞耻。最后诗人深感白云和清水都令人精神安闲，它们虽然无心，却是可以长相厮守的伴侣。
　　"失既不足忧，得亦不为喜"是一种坦然面对人生得失的精神境界。古代道家认为得与失、祸与福、利与弊等都是矛盾统一的，对立面之间常常相互转化，因此为获得而欢喜、为失落而忧伤都是毫无意义的。从纯粹的辩证法的角度看，这里的"得失"泛指人生在追求外在名利和内在理想中的所有成功失败。但是道家常常视外在名利为累赘，因此"得失"更多地指向物质上的贫富和政治上的贵贱等层面。在这首诗中诗人也特别强调了"安贫"和"处贱"的坦然心态。同时，儒家也要求士人正确看待穷困与显达，孟子认为：“故士穷不失义，达不离道。”儒家还提倡一种平和宁静的心态，孔子云：“君子坦荡荡，小人长戚戚。”如此看来，"失既不足忧，得亦不为喜"也是儒家思想在士人人格中的投射。这两句诗劝诫世人在人生的沉浮起落中学会保持心理平衡，不要过分看重名位利禄之类外在的东西。在极其直白的字句中，蕴含着对人生的深沉思考。

修 心

自是桃李树，何畏不成蹊

　　唐·李贺《奉和二兄罢使遣马归延州》：空留三尺剑，不用一丸泥。马向沙场去，人归故国来。笛愁翻陇水，酒喜沥春灰。锦带休惊雁，罗衣尚斗鸡。还吴已渺渺，入郢莫凄凄。自是桃李树，何畏不成蹊。

　　此诗是李贺二兄罢职以后，李贺写给他的劝勉之辞。诗意是说既已罢职，就应安心地过过闲散的日子。"自是桃李树，何畏不成蹊"用的是《史记·李将军传》中的"桃李不言，下自成蹊"，意思是说桃李虽然不说什么话，但由于它会结出美好的果实，自然会有人来发现它、采摘它。这里的寓意是说他的二兄本有防卫边疆、抵御侵略的才能，虽然暂时不受重用，但也不必灰心失望，总有人会发现他的才能并且任用他的。

　　一个人在被贬谪之际难免会充满怨尤，认为自己的才能足够治理天下，但因为国家不能认识人才，而使自己不能施展才华，"不才明主弃"，即使是温柔敦厚的诗人也难免有这样的怨言。然而我国古代的伦理道德，大至平治天下，小至一言一行，都是以修身为本，而修身的根本在于正心诚意，也即在于修心。心正身修，外在的事物对自己的影响也就变小了，所以孔子说"不患人之不己知"，又说"君子之道，暗然而日彰"，果真自己道德纯粹，必不至于埋没沉沦，所谓"居高声自远"，终有焕发其光辉的时候。古人所以能够忍辱，也正是由于有这一信念的支持，因而也就能够安于其位，所以说"君子素其位而行"，又说"君子思不出其位"，不怨天，不尤人，居易以俟命。说到底，抱怨自己的才能得不到施展大多出于一种名利心，所以孔子说："放于利而行，多怨。"

"自是桃李树，何畏不成蹊"这两句诗之所以成为名句，不仅仅在于它们是情真意切的安慰之词，更重要的是它们说出了一种简单而深刻的道德准则："下自成蹊"的前提在于自身必须有桃李之质，在于自己真正有才德，而这种才德不待外求，正在于加强自己内心的修养。

澄 净

洁白依金德，澄清有片心

　　唐·崔颢《澄水如鉴》：圣贤将立喻，上善贮情深。洁白依金德，澄清有片心。浇浮知不挠，滥浊故难侵。方寸悬高鉴，生涯证陆沈。对泉能自诚，如镜静相临。廉慎传家政，流芳合古今。

　　崔颢是唐代开元天宝年间的著名诗人。这首诗以清澈澄静、波平如镜的泉水来比喻人生哲理。前两句说圣贤阐述哲理时，往往以上善之水为比喻，是因为水象征着高尚的道德。接着诗人以四句诗描述澄静之水的品德：其洁白无瑕如同道德的完备高尚，其清澈澄静象征着君子纯净的心灵。浊流不能使之屈服，也不会令其污染。然后诗人抒发对人生的感慨：如果人的心灵能够时时以高悬的明镜为鉴，那么精神就不会昏沉。我们应以泉水之德自我劝诫，就好比心灵时时面对着明镜一般。最后诗人点出了本诗的宗旨：清廉谨慎的美德不可或缺，要让它代代相传，流芳千古。

　　《老子》中就有推崇水德的思想："上善若水，水善利万物而不争。"老子所称颂的水德主要是指施惠于人而已不争利。本诗赞颂的水德与此既有联系又稍有区别。从这首诗篇末的"廉慎"说来看，诗人提倡廉洁正直、谨慎恭敬等品德。但这句诗所能包蕴的道德内涵并不局限于此，它能够令人联想起心地坦荡、廉洁奉公、忠心耿耿等排除了个人私心杂念的纯洁高尚的品德。这类品德在任何时代都会像日月一样照亮我们的心灵，也照亮我们的世界。

寡　欲

吾有清凉雪山雪，天上人间常皎洁

唐·贯休《偶作五首》（其五）：君不见金陵凤台月榭烟霞光，如今五里十里野火烧茫茫。君不见西施绿珠颜色可倾国，乐极悲来留不得。君不见汉王力尽得乾坤，如何秋雨洒庙门？铜台老树作精魅，金谷野狐多子孙。几许繁华无更改，唯有尧舜周召丘轲似长在。坐看楼阁成丘墟，莫话桑田变成海。吾有清凉雪山雪，天上人间常皎洁。茫茫欲火欲烧人，惆怅无因为君说。

贯休是唐代著名的诗僧，他在诗中当然会表现出一些佛家的观点。这一首诗所体现的主要是一种"无常观"：世事无常，因此一切都是不值得留恋的，人们对于客观事物之所以不能放下，根源在于欲心的存在，即所谓"财、色、名、食、睡"等诸多欲望，它们犹如猛火积聚，正如《法华经》所说："三界无安，犹如火宅，众苦充满，深可怖畏。"欲心乃是众苦的根本。一旦欲火除去，即是清凉世界，所谓"心净则土净"，也即此诗中所说"吾有清凉雪山雪，天上人间常皎洁"。

诗的开端即写无常，金陵的舞台歌榭已是一片废墟，英雄美人皆成黄土，沧海桑田，一切繁华皆转瞬即逝。只有尧、舜、周公、召公、孔子、孟子这些圣贤似乎还活在人们的心中，诗中用一"似"字，似乎暗示他们也不是真正的永存。不过与上文对繁华易逝的慨叹相比，诗人对圣贤事业还是比较尊重的。然而在他看来，更高的境界还是排除一切欲念，使自己的心地保持像雪山顶上的万年积雪一样清凉洁净，这才能达到"天上人间常皎洁"的无思无欲的清净境界。儒释二道，并之则双美，离之则两伤。因为道不远人，在日常生活之中就可以觅得，所以修身养性都必须从日常生活做起，尽可能除去自己的各种欲念，欲念去一分，修养功夫就进一分。孔子说"枨也欲，焉得刚"，可见儒家同样重视去欲。"养心莫善于寡欲"，一切皆应从自己的日常行为做起。

"吾有清凉雪山雪，天上人间常皎洁。"这两句诗与其说是宣扬道德，不如说是展示一种修养的境界。通往这种高尚纯洁的修养境界的必经之途是排除心中的欲念，这对现代社会中越来越多地受到外物诱惑的人们来说，也许具有更加深刻的警示意义。

旷 达

回首向来萧瑟处，归去，也无风雨也无晴

宋·苏轼《定风波》：莫听穿林打叶声，何妨吟啸且徐行。竹杖芒鞋轻胜马。谁怕？一蓑烟雨任平生。 料峭春风吹酒醒，微冷。山头斜照却相迎。回首向来萧瑟处，归去，也无风雨也无晴。

此词作于宋神宗元丰五年（1082）三月七日，当时苏轼被贬谪在黄州（今湖北省黄冈市）。词原有一篇小序："三月七日沙湖道中遇雨。雨具先去，同行皆狼狈，余独不觉。已而遂晴，故作此。"词中通过途中遇雨的描写，形象地表达出了诗人旷达洒脱的胸怀。

词的上半阕写雨中的情景及感受。雨声穿林打叶，而诗人以悠然的态度对待急雨，吟啸徐行。在古代受贬谪的士大夫中，能够用一种坦然淡然的心境面对困苦的实在不多。例如韩愈在被贬潮州的路上即不无悲伤地叹道："知汝远来应有意，好收吾骨漳江边。"柳宗元被贬柳州刺史后，写诗给他的朋友说："共来百越文身地，犹自音书滞一乡。"因为过分的忧愁而客死异乡的更是不计其数。而苏轼在经历乌台诗案这一场政治风波后，却始终表现出一种烟雨任平生的旷达情怀。词的下半阕写雨后天晴，夕阳斜照，驱去一片萧瑟，而诗人的心态始终是平静的，不以风雨而忧，不因夕照而喜，所以他说："回首向来萧瑟处，归去，也无风雨也无晴。"

苏轼的思想既博大又复杂，融汇了儒佛道等多种思想。儒家

所说的"君子不忧不惧""不动心""养浩然之气",庄子的齐物论,佛教的平等观,在他的人生观中都有相当充分的体现。苏轼的人生观其实与宋代士大夫的集体性道德风范是相一致的,比如宋初名臣范仲淹说的"不以物喜,不以己悲",即近于苏轼在此词中所体现的生活态度。一句轻轻的"回首向来萧瑟处,归去"之中实际上隐含了"达则兼济天下,穷则独善其身"的思想,不过诗人已将具体的行为抽象化为一种永恒的理想,而永恒的事物是不被外界所左右的,区区的风雨夕照当然是不足以动其心的。在诗人看来,风雨也好,晚晴也好,都不过是暂时的、虚幻的存在,所以他高唱道:"也无风雨也无晴。"

只有当人们抱有博大与旷达的人生观,才能不粘着于名利,才能不受外物的限制,才能真正超越自己。一切喜悦和悲伤都不是永恒的,作为身外之物的荣辱浮沉更是微不足道。但常人在名利关头尚不能悠然洒脱,何况生死之际?苏轼一生也不免为功名所累,以至于想退隐都不可能,他唯一能实现的其实只是归隐到自己的内心中去。然而"回首向来萧瑟处,归去,也无风雨也无晴"几句毕竟写出了他衷心向往的精神境界,也道出了一种高尚芳洁、超越俗累的道德情怀,所以深受历代读者的喜爱。

平 和

心安身自安,身安室自宽

宋·邵雍《心安吟》:心安身自安,身安室自宽。心与身俱安,何事能相干?谁谓一身小,其安若泰山。谁谓一室小,宽如天地间。

邵雍是北宋中期著名的理学家,其理学思想主要体现在《皇极经世编》中,而其诗集《伊川击壤集》中也有大量反映其理学思想的诗篇,《心安吟》即是其中的一篇,诗中反映了他平和乐易的心态。

邵雍一生不仕,致力于著书立说,努力探索宇宙人生的奥秘。他曾说:"先天之学,心法也。……万化万事,生乎心也。"这种观念恰好印证了下面两句诗:"心安身自安,身安室自宽。"万事万物的变化都起源于心。他又提出"观物"的思想:"夫所以谓之观物者,非以目观之也,非观之以目而观之以心也,非观之以心而观之理也。"以理观物是以心观物的发展,而理究为一心所摄,因此,要进于无我之境,必须以物观物,事实上,这里的"以物观物"是指一种反观,即"圣人能一万物之情"的反观。理一而分殊,万物备于一理。这里实际上已开"吾心即是宇宙"之先河。

然而,从最粗浅的道德意义上来讲,也即是不要将心与物对立起来,这样,外物的生灭变化即如一心的生灭,物来则现,物去则隐,而对一心则不损分毫。无论如何,对于我们今天这样一个简单快速的生活来说,对于充满生活压力、充满各种烦恼的身心而言,无疑是具有启迪意义的。

立志第二

求 索

路曼曼其修远兮,吾将上下而求索

屈原《离骚》:朝发轫于苍梧兮,夕余至乎县圃。欲少留此灵琐兮,日忽忽其将暮。吾令羲和弭节兮,望崦嵫而勿迫。路曼曼其修远兮,吾将上下而求索。饮余马于咸池兮,总余辔乎扶桑。折若木以拂日兮,聊逍遥以相羊。前望舒使先驱兮,后飞廉使奔属。鸾皇为余先戒兮,雷师告余以未具。吾令凤鸟飞腾兮,继之以日夜。飘风屯其相离兮,帅云霓而来御。纷总总其离合兮,斑陆离其上下。吾令帝阍开关兮,倚阊阖而望予。(节录)

《离骚》是爱国诗人屈原被流放汉北后所作的长篇政治抒情诗,是他用整个生命谱写的人生绝唱,强烈的爱国思想和执着的人生追求融汇成激越的精神力量,奇特的想象和瑰丽的语言产生了巨大的艺术魅力。《离骚》寄托着屈原对崇高道德境界的不懈追求,表达了他不与邪恶污浊势力同流合污的坚强决心。此处所引的一节表达了诗人在遭受一连串的人生挫折后仍对理想境界上下求索的不屈精神。

诗人在现实社会里受到邪恶势力的无情打击,他既然无法实现他的政治理想和人生追求,于是便幻想着到神话中去寻找其理想境界。他想象着自己从楚国的苍梧山出发,来到昆仑山中的县圃。他还想象自己乘坐着日神之车或月神之车,走遍了无数的仙界山川。可是仙界的冷漠也一如人间,天界的君门也同样阻碍重重。所以尽管诗人上天入地,四处寻觅,但是没有一处可以使他安定下来，他只得永远地流浪下去，不懈地求索下去。

"路曼曼其修远兮，吾将上下而求索。"这是屈原面对艰难人生所发出的庄严誓言，无论道路是如何的遥远，无论征途上会有多少艰难危险，他都要以坚忍不拔的毅力和无所畏惧的勇气一往直前，永不止步。人生的道路是漫长的，又是充满艰险的，只有那些不停地求索的人才可能到达光辉的终点。建功立业是如此，修身进德又何尝不是如此？屈原的这两句诗被后人视为人生征途上的座右铭，正是由于其中包蕴着激越的精神力量。它们将永远鼓励后人追求崇高的道德境界。

奋 励

猛志逸四海，骞翮思远翥

晋·陶渊明《杂诗》（其五）：忆我少壮时，无乐自欣豫。猛志逸四海，骞翮思远翥。荏苒岁月颓，此心稍已去。值欢无复娱，每每多忧虑。气力渐衰损，转觉日不如。擥舟无须臾，引我不得住。前途当几许？未知止泊处。古人惜寸阴，念此使人惧。

唐朝诗人李贺说："少年心事当拏云。"每个人的少年时代总是立志的岁月，自信乐观，昂扬奋发，对前途充满了幻想，对人生满怀着期待。陶洲明这位隐逸诗人的鼻祖也有过挥斥方遒的少年意气："忆我少壮时，无乐自欣豫。猛志逸四海，骞翮思远翥。"他渴望像大鹏一样振翅高飞，翱翔天际。在另一首《拟古》诗中他又说："少时壮且厉，抚剑独行游。谁言行游近？张掖至幽州。"俨然以横行天下，仗义行侠的壮士自许。这个时候的陶渊明还没有体会到社会的黑暗、官场的污浊、仕途的险恶，他对自我理想形象的设计中，带有浓厚的儒家入世热情，大有一番济世安邦、建功立业的雄心壮志。

然而现实并不如陶渊明想象的那么简单，他所生活的年代正是东晋末年社会混乱的时期，政局动荡，权力斗争已呈白热化，权臣桓玄、刘裕相继篡夺晋室，官场的风气相当恶浊，趋炎附势、寡廉鲜耻成了为官之徒的习尚。陶渊明本不是善于投机取巧的政客，他说自己"性刚才拙，与物多忤"，秉性刚正，又不屑于钻营周旋，在这样恶劣的政治环境中，他的冲天之志无从施展。"荏苒岁月颓，此心稍已去",由于现实政治与自身理想和志趣的矛盾尖锐,他放弃了"兼善天下"的志向,转而追求"独善其身"的人生。这是陶渊明长期养成的"自然"思想的必然结果,也是许多仕途失意的古代士人的人生选择。

这首诗的主题,有的人认为是感叹年华老去而学行未成,不免把陶渊明想象成刻苦励节的儒生了。陶渊明的思想本不囿于儒家,他的韶华之叹不仅是道德人生的感慨,而且蕴含了对自然生命的追问。"前途当几许?未知止泊处。""止泊处"是指人生的归宿,但却未必就指安身立命的道德终点,生命的终极意义应是陶渊明追索的大问题。而生命如急流飞舟,难以操控;眼见来日无多,真谛未明,所以愈加觉得光阴可贵而"念之使人惧"了。

从志存高远的少年,到息交绝游的隐士,陶渊明的面貌发生了极大的改变,但自小培养的耿介和自信,则终生不渝。唯其如此,他才能够始终保有峻洁孤傲的品格,"宁固穷以济意,不委曲而累己",受到后人的景仰,成为"独善其身"的人格楷模。

立 志

知君志不小，一举凌鸿鹄

唐·刘长卿《赠别于群投笔赴安西》：风流一才子，经史仍满腹。心镜万象生，文锋众人服。顷游灵台下，频弃荆山玉。蹭蹬空数年，裴回冀微禄。揭来投笔砚，长揖谢亲族。且欲图变通，安能守拘束。本持乡曲誉，肯料泥涂辱。谁谓命迍邅，还令计反复。西戎今未弭，胡骑屯山谷。坐恃龙豹韬，全轻蜂虿毒。拂衣从此去，拥传一何速。元帅许提携，他人伫瞻瞩。出门寡俦侣，矧乃无僮仆。黠虏时相逢，黄沙暮愁宿。萧条远回首，万里如在目。汉境天西穷，胡山海边绿。想闻羌笛处，泪尽关山曲。地阔鸟飞迟，风寒马毛缩。边愁殊浩荡，离思空断续。塞上归限赊，尊前别期促。知君志不小，一举凌鸿鹄。且愿乐从军，功名在殊俗。

强盛的唐朝不仅开拓了辽阔的疆土，也开阔了文人的胸襟和怀抱。与其他时代相比，唐代文人的身上特多尚武任侠的气概，这股风云之气发于诗歌，或是以侠客相高尚："十步杀一人，千里不留行。事了拂衣去，深藏身与名。"（李白《侠客行》）"十年磨一剑，霜刃未曾试。今日把示君，谁为不平事？"（贾岛《剑客》）或是以从军立功为职志："宁为百夫长，胜作一书生。"（杨炯《从军行》）"功名只向马上取，真是英雄一丈夫。"（岑参《送李副使赴碛石官军》）乃至以捐躯报国为荣耀："孰知不向边庭苦，纵死犹闻侠骨香。"（王维《少年行》）那些传诵至今的边塞诗篇深刻地记录了唐人豪勇刚健的气质和精神。

唐代文人对于边塞军旅生活不只停留在笔下的歌颂，不少文人都有投身军幕、身历风沙的体验。这首诗的受赠者于群便是无数奔赴边陲的文人之一。初盛唐时期的朝廷大员，于马上取得功名的不在少数，因此像于群这类在中央地区被埋没的人才，到边庭谋求功名不失为一条不错的出路。

作为朋友，刘长卿一方面替于群数年来怀才不遇的经历愤愤不平，一方面又为他即将面临的处境表示忧虑。险恶的敌人和自然条件固然是生命最大的威胁，而背井离乡的孤独则是戍边将士挥之不去的心结。"想闻羌笛处，泪尽关山曲。……边愁殊浩荡，离思空断续。"边愁即是乡愁，是对安定生活的向往，是对故园亲情的怀恋。但是深沉的家国之思不会削弱壮士的志气，反而会激励他们奋勇搏击，建功立业。"知君志不小，一举凌鸿鹄。且愿乐从军，功名在殊俗。"非常的功名需要非常的建树，需要对世俗人情的超越。于群高远的志向和超迈的人格，无疑是唐人进取精神的缩影，是一切有为者共同的特征。

勤 奋

少壮不努力，老大徒伤悲

汉·无名氏《长歌行》：青青园中葵，朝露待日晞。阳春布德泽，万物生光辉。常恐秋节至，焜黄华叶衰。百川东到海，何时复西归。少壮不努力，老大徒伤悲。

这首《长歌行》是汉代乐府民歌中的名篇，"百川"四句则是这首诗中的警句。原诗以冬葵叶上的露水在太阳出来后就会干掉，各种茂盛的植物到秋季就将枯黄，众多的河流东流入海不再西归这三个自然现象来比喻时间消逝得非常迅速，从而得出人生应该及时努力，不要让大好年华白白地消磨掉的结论。用好几个比喻反复地说明某一道理，这是民歌的常见手法。应该说此诗中的三个比喻都是很精彩的，但是其中又以百川入海最为警策。时间的迅速流逝和不可逆转两个特征与河流有相似之处，所以古人早就在它们之间产生了联想。古希腊的哲人说过"人不能两次走进同一条河流"的名言，其中就包含了时间一去不再复归的意思。中国的孔子更是明确地指出了两者的相同之处以及其中所蕴含的人生哲理，他曾在河边叹息说："逝者如斯夫，不舍昼夜！"意即"消逝的时光像河水一样啊，日夜不停地流去！"乐府民歌中的"百川"四句不一定是受到了孔子的启发，但其中所包含的智慧则是同样的深沉。由于中国的地形西高东低，所以大多数河流都是自西向东流入海洋，它们日夜不停地向东奔流，永远不会西归。同样，宝贵的时光一去不再复归，如果在青少年时期不及时努力，老来就只能徒然悲伤了。

"百川"四句的道德含义有两层：首先，中华民族是以勤劳为个人美德的，"天道酬勤"和"君子当自强不息"的古训都表明先民们对勤劳的重视，大禹珍惜寸阴的传说更是这种精神的形象化体现，而珍惜时间正是勤劳的一种表现形式。其次，生命过程其实也就是时间流逝的过程，珍视时间也就是珍视生命，由于我们的先民是以生命为"天地间之大德"的，所以珍视时间自身即含有深永的道德意义。正因如此，"百川东到海"这四句诗在后代广为流传，成为后人勉励自己奋发图强的格言。而宋代民族英雄岳飞的"莫等闲、白了少年头，空悲切"也正是这四句诗以不同语气所作的复述。

雄 心

老骥伏枥，志在千里；烈士暮年，壮心不已

　　三国·曹操《步出夏门行》：神龟虽寿，犹有竟时；腾蛇乘雾，终为土灰。老骥伏枥，志在千里；烈士暮年，壮心不已。盈缩之期，不但在天；养怡之福，可得永年。幸甚至哉，歌以咏志。

　　东汉建安十二年（207），曹操率军北伐，一举消灭逃入乌桓的袁绍余部。九月班师凯旋，途经碣石等地，用乐府旧题《步出夏门行》写下了四首著名的组诗。《龟虽寿》就是其中的一章。
　　在古代传说中，"神龟"是最长寿的生物，"腾蛇"是一种能腾云驾雾的龙。这两种灵兽在古人心目中都神通广大、非同凡响，但是它们照样不能摆脱自然规律的约束，必然要走向死亡。曹操借此说明生命的有限，情调却不是感伤的，而是表现出直面宇宙人生的清醒意识。
　　刚刚摧毁了劲敌，曹操正意气昂扬，踌躇满志。"老骥伏枥，志在千里；烈士暮年，壮心不已。"充分写照了他的奋发豪情。他那时已经年逾知命，所以以"老骥"自比，表明即使年迈衰朽，屈身既下，驰骋千里的壮志依旧不改。"烈士"则是以壮怀激烈的豪杰自负与"老骥"相呼应，表达了自强不息的精神，胸次间回荡着一股郁勃的凌云之气。
　　同样是面对必死的命运，有人颓唐懊丧，妄图用及时行乐来填补人生的空虚幻灭；而有的人则积极进取，希望通过建立功业来充实自己的一生，名垂青史。曹操作为大政治家，当然属于后者。

"盈缩之期,不但在天;养怡之福,可得永年。"这四句表面上是因袭了养生家的常谈,实际上却注入了全新的人生哲学:生命的长短不是听由上天安排的,在命运面前不应消极退避;应当通过个人的主观努力,实现生命的最大价值。"永年"的意义不仅是生命的长度,更是生命的质量,是精神的强固,是勋业的辉煌。

"老骥伏枥"四句诗,充分展现了一位政治家的远大胸襟,透露着建安文学特有的沉雄刚健的风骨。后世无数英雄志士读之,无不为之击节感奋。《世说新语·豪爽》就有生动的记载:晋朝的王敦每次酒后必用如意敲击唾壶为节拍,吟咏这四句诗,以至于壶边尽缺。于此足见此诗惊心动魄的魅力了。

超　然

丈夫志四海，我愿不知老

晋·陶渊明《杂诗》(其四)：丈夫志四海，我愿不知老。亲戚共一处，子孙还相保。觞弦肆朝日，樽中酒不燥。缓带尽欢娱，起晚眠常早。孰若当世士，冰炭满怀抱。百年归丘垄，用此空名道！

"仕"与"隐"，是许多古代士人无法回避的矛盾。"至圣先师"孔夫子一生周游列国，做梦都想着恢复礼乐之道，却并不排斥隐逸。他说："天下有道则见，无道则隐。"又说："邦有道则仕，邦无道则可卷而怀之。""有道""无道"是对社会政治清浊的判定，可见他的"隐"只是"不仕无义"，是策略性的规避，最终目的还是要为政治理想寻找合适的出路。这样的隐逸原则在道家看来远不够纯粹彻底，所以道家的隐士长沮、桀溺就说孔子只是"避人之士"，不是"避世之士"。"避世"根本上是对一切社会制度的否定，而不仅仅要避昏君和乱邦。

"仕"与"隐"的矛盾，在陶渊明的时代表达为名教与自然的冲突，是当时清谈辩论中十分热门的话题。在这个问题上，陶渊明的思想更倾向道家的避世之说，崇尚自然纯朴。他的理想国是风俗淳美的桃花源，而现实却是："真风告逝，大伪斯兴"。他曾有过几次失败的出仕经历，官场生活更加深了他对现实的失望，因而最终在"仕""隐"之间选择了"隐"。在陶渊明之前的阮籍、嵇康等名士已经在理论上用自然对抗名教，他则进一步用归隐躬耕的行动表达了对名教和黑暗现实的抗拒。

"丈夫志四海，我愿不知老。"这两句诗正表现了名教中人跟陶渊明人生态度的区别。前一句的"丈夫"，即是下文的"当世士"。他们的人生时时被名利所煎熬，如同怀抱冷热迥异的冰和炭，有何乐趣可言？后一句脱胎自《论语·述而》："发愤忘食，乐以忘忧，不知老之将至云耳。"好学而乐道，所以孔子丝毫不觉得衰老的来临。陶渊明也有"开卷有得，便欣然忘食"的洒脱情怀；他所乐之"道"与孔子不尽相同，但对超然适性的人生境界同样津津乐道。这首诗描述了天伦之乐的景象：亲戚共处，子孙相保，弦歌纵酒，极尽欢娱。与如此纯真快乐的生活相比，浮名和势利简直就像浮云，哪里值得追逐呢？

原本诗歌中的这两句话是转折的关系，抑前而扬后。现在把它们单独抽离出来，则可以看作递进的关系，跟曹操的名言"老骥伏枥，志在千里"含义相同。

高 远

九万里风鹏正举。风休住,蓬舟吹取三山去

宋·李清照《渔家傲》:天接云涛连晓雾,星河欲转千帆舞。仿佛梦魂归帝所。闻天语,殷勤问我归何处? 我报路长嗟日暮,学诗谩有惊人句。九万里风鹏正举。风休住,蓬舟吹取三山去。

一代才女李清照是文学史上婉约词派的大家,所写的词大多以清丽婉转为主,但这首词却写得浪漫而豪迈,颇有丈夫气概。从表面上看,整首词所描写的是一个梦境。大凡梦中的一切都是美丽的——带有虚幻和理想的美。但梦又往往是人们的真实想法的折射,诗人写词的时候当然是清醒的,这就可以看出梦境中的幻想其实正是基于对现实的认识。词的上半阕完全写的是梦中之境,下半阕却是自己的议论和虚拟的理想。她虽然很有文学才华,也确实胜过当时的诸多男子,可在她那个时代,女子根本不可能有任何作为,只能空持文才,徒唤奈何,所以她感叹说"学诗谩有惊人句"。写这首词的时候,她的个人生活并不如意,爱侣赵明诚(著名的金石学家)已去世,北宋王朝已灭亡,她也已被迫南渡。本来,如果国破人亡的时候,国君能够卧薪尝胆、发奋图强的话,还是能够鼓舞人心的。奈何当时的南宋小朝廷只求偏安于江南,对于水深火热中的天下百姓置之不顾。李清照对这沉重的现实万分担忧,可又无可奈何,只能在词中表达对美好和虚幻的神仙之境的热烈向往。"九万里风鹏正举",用《庄子·逍遥游》中鲲鹏展翅九万里的典故,希望能像大鹏展翅一样,翱翔于天地之间,摆脱人世间的污浊和烦恼。最后一句中的"三山"指的是传说中神仙居住的蓬莱、方丈和瀛洲，也是理想之地的代名词，所以，她希望能有大风把她所乘的小船吹越浩瀚的沧溟。

　　神仙三山在现实中当然是不存在的，李清照也清楚这一点，但诗人一旦对于现实产生不满——特别是政治不清明时，总喜欢以幻想代替现实。这本身也是对丑恶现实和污浊社会的强烈抗争，是对美好生活和绚丽理想的追求。实际上，对美好事物的追求正是人们生活意义的真谛。

事　功

算平戎万里，功名本是真儒事，君知否？

宋·辛弃疾《水龙吟》（甲辰岁寿韩南涧尚书）：渡江天马南来，几人真是经纶手？长安父老，新亭风景，可怜依旧。夷甫诸人，神州沉陆，几曾回首！算平戎万里，功名本是真儒事，君知否？　况有文章山斗，对桐阴，满庭清昼。当年堕地，而今试看，风云奔走。绿野风烟，平泉草木，东山歌酒。待他年，整顿乾坤事了，为先生寿。

辛弃疾（1140—1207），南宋著名的爱国志士，曾经驰骋于抗金斗争的战场，终生以收复国土为己任。他也是文学史上最著名的爱国词人，他一生中以词为主要创作形式，表达自己的抱负和悲愤之情。他在词里回忆早年的战斗生活，高唱统一祖国的战歌，抨击苟安的无能之辈，抒写壮志难酬的郁闷。

辛弃疾闲居上饶期间，韩元吉也住在这里。这首词就是辛弃疾在淳熙十一年（1184）写来祝贺他的这位好友六十六岁寿辰的。它与一般庸俗应酬的祝寿词不同。韩元吉也是一位爱国志士，二人志同道合，所以词中激励之情多于祝贺之言。辛弃疾要求他的好友像历史上杰出的政治家谢安、裴度、李德裕等人一样，为国家建功立业，功成然后身退。他坚信中原能够恢复，国家能够统一，"整顿乾坤"是他终生的奋斗目标，在词中提出来与韩元吉共勉。这首词既表现了辛弃疾与韩元吉的深厚友谊，又抒发了他们共同的豪情壮志、远大理想和坚定的信心。

"算平戎万里，功名本是真儒事，君知否？"这两句词在当时有着特别深刻的思想意义：儒家的学说本是强调事功的人生哲学，就其本质而言，儒学是主张入世的，是要求积极有为的。可是在宋代理学思想渐成气候的环境里，一种重视正意诚心、修身养志的主张渐渐占了上风，而事功反而不太为人所重了。辛弃疾虽然也服膺儒学，但他与那些俗儒不同，他是深得孔、孟之道真谛的，他始终认为只有建功立业，为国家人民做出实际的贡献，才是人生的真实意义，才是"真儒"应该追求的事业。一般说来，修身养志与建功立业都是很重要的，两者之间也并不是互相排斥的关系。然而在特定的时空背景下，比如在南宋国势艰危的具体环境中，则辛弃疾的主张显然更是当务之急，是更能体现儒学真谛的人生格言。所以这两句词中所蕴含的道德意义是非常深刻的，后人可以从中得到相当重要的启迪：应该重视事功、摆脱空谈，以实际的事业建树为国家、人民做出贡献。

殉　道

知死不可让，愿勿爱兮

屈原《九章·怀沙》：万民之生，各有所错兮。定心广志，余何畏惧兮？曾伤爰哀，永叹喟兮。世溷浊莫吾知，人心不可谓兮。知死不可让，愿勿爱兮。明告君子，吾将以为类兮。（节录）

据说屈原在写下《九章·怀沙》之后，就抱石自沉汨罗江而死，因此古往今来许多人都把这首诗看作屈原的绝笔之作。

全诗主要叙写自己因遭小人谗毁流放沅湘的悲愤和虽处逆但绝不向邪恶势力屈服的意志。这里节录的是最后十二句，大意为：万民禀受天命，生而各有定数；我安定我的心，拓展我的志，又有什么可畏惧的呢？止不住深深的哀伤，我不由长叹，世道污浊，没有人能够理解我，人心真是没法说啊！我知道死亡已无法逃避，希望自己不要再吝惜生命。我明白告诉世上君子，我将舍生取义。

"知死不可让，愿勿爱兮"二句表明了屈原的必死之志。古语说："寿者人之情，死者人之恶。"爱惜生命，害怕死亡，这是人之常情。但有时为某种道义所激，人们对生死的态度也会倒转过来，所以古今中外又有数不清的杀身成仁、视死如归的例子。屈原怀抱死志，体现的正是一种坚定的殉道精神。他是战国后期楚国人，有宏伟的政治理想和强烈的爱国意识。他向往尧舜等前代圣王的清明政治，多次表示要辅佐时君，踵武"前王"；他希望通过内修法度、外联齐国来挽救在强秦逼压下岌岌可危的国家命运。然而昏君不能理解他，佞臣不能容忍他。楚怀王时，他就曾被贬往汉北；顷襄王时，更是长期流放沅湘。面对如此痛苦的境遇，他本可以像同时代的纵横之士那样，择主而仕，远赴别国；他也可以放弃本来的理想和原则，苟合于世，随波逐流，以求富贵。但是他都做不到，因为他对"旧乡"有太深的眷恋，对"美政"有太多的执着。因此，他最终只能选择舍生取义、杀身成仁。

为祖国、为理想而勇敢献出生命的人是崇高的，"知死不可让，愿勿爱兮"两句诗所展示的这种道德境界，将与日月同辉。

气 节

人生自古谁无死,留取丹心照汗青

宋·文天祥《过零丁洋》:辛苦遭逢起一经,干戈寥落四周星。山河破碎风飘絮,身世浮沉雨打萍。惶恐滩头说惶恐,零丁洋里叹零丁。人生自古谁无死,留取丹心照汗青!

南宋祥兴元年(1278),文天祥率领的抗元义军在五坡岭战败,文天祥被元军俘虏。次年,即祥兴二年(1279)正月十二日,文天祥被迫随元军过零丁洋。当时张世杰正带领南宋的最后一支军队在厓山坚持抵抗,元将张弘范逼文天祥写信招降张世杰。文天祥坚决拒绝,并作此诗以明志。二十多天后,厓山失守,陆秀夫背负帝昺投海殉国。三年以后,文天祥在燕京英勇就义,以生命实现了自己的誓言。

此诗的前面六句都是回忆自己的不幸遭遇:文天祥因精通经典而科举及第进入仕途,适逢南宋濒于危亡的关头,他二十年来努力支撑残局,非常辛苦。而自从德佑元年(1275)起兵抗元以来,也已在兵荒马乱中度过整整四个年头了。河山破碎,身世飘荡,尤其是兵败后逃经惶恐滩和被俘后经过零丁洋的时候,那种恐惧、孤独的心情更是不堪回首。然而正是在这种非人世所能堪的情境中,文天祥写下了"人生自古谁无死,留取丹心照汗青"的千古绝唱!

古语说:"死生亦大矣!"的确,求生是动物的本能,人也不能例外。然而,正如孟子所指出的,人类在道德上有更高的追求,那就是"义"。他说:"鱼,我所欲也,熊掌亦我所欲也;二者不可得兼,舍鱼而取熊掌也。生亦我所欲也,义亦我所欲也,二者不可得兼，舍生而取义者也。"所以虽然儒家非常重视生命的价值，但是孔、孟都提倡"杀身成仁"和"舍生取义"，认为那是人生最高的道德准则。对于中国的先民而言，民族大义当然是至高无上的"义"，所以在需要为民族大义而舍弃生命的时候，志士仁人都是视死如归的。文天祥是在儒家思想熏陶下成长起来的民族英雄，他在就义之前写下的"衣带铭"中说："孔曰成仁，孟曰取义。唯其义尽，所以仁至。读圣贤书，所学何事？而今而后，庶几无愧。"说明正是儒家的道德准则和价值标准使他在生死关头毫不犹豫地选择了杀身成仁之路。"人生自古谁无死，留取丹心照汗青"的诗句对儒家的道德准则做了最生动、最深刻的阐释。它们成为后代志士仁人的人生指南绝不是偶然的。

人 格

不要人夸颜色好,只留清气满乾坤

元·王冕《墨梅》:我家洗砚池边树,朵朵花开淡墨痕。不要人夸颜色好,只留清气满乾坤。

王冕这首诗在文学史上很有名,其中"不要人夸颜色好,只留清气满乾坤"这两句话寓意深刻。

鲜花是美丽的,不同的花儿有着不同的美。梅花,不像牡丹那样富丽堂皇,也不如桃花鲜艳俏丽,梅花给人的感觉是清丽绝俗。特别是她的高标远韵,惹得古今许多文人墨客叹赏不已。墨梅是黑色的,从视觉的审美观来说,她更是梅花中最不张扬的一种,但是,她的清香之气丝毫不会减少。而且,正因为她是墨色的,似乎是默默无闻的,反而更能显出她孤芳自赏的品格。王冕通过对他家洗砚池边墨梅的赞叹,来咏叹人格的高尚。后两句的含义是,一个人未必需要以形貌之美来吸引别人的赞赏,只要能够保持高尚的品格,留得清白在人间,他就真正能够流芳千古。

古今中外的道理都是一样的:有的人在当时有权有势,既富且贵,或者是声名显赫,但却不一定名副其实,甚至可能是金玉其外,败絮其中,这种人不过是人世间的匆匆过客。相反,有的人或许默默无闻,或许并不刻意地显山露水,但却以其实际行动表明自己在世上真正存在过。先秦时的哲学家老子曾说过:"美言不信,信言不美。"孔子也说过:"巧言令色鲜矣仁。"他们所看重的都是内在的真实的品质。这也确实是我们每个人都需要考虑的问题,虽然不同的人生活在不同的环境中,可能会有不同的价值观念,但对于中华民族而言,下面的信念是深入人心的:人生在世,应该注重追求内在人格的完善,而不应注重外在的荣华富贵。前者犹如清标脱俗的梅花,虽然并无艳丽的外表,但是她的清气将永留人间。

殉 志

志士不忘在沟壑,勇士不忘丧其元

明·李贽《系中八绝》:志士不忘在沟壑,勇士不忘丧其元。我今不死更何待,愿早一命归黄泉。

《系中八绝》是明末进步思想家李贽在明神宗万历三十年(1602)在狱中所作的组诗,现仅存七首,收录在其诗文集《续焚书》中,这首诗出自《系中八绝》第七首《不是好汉》。李贽(1527—1602),号卓吾,福建泉州人,曾做过二十余年小官吏,后来专心从事著述和讲学。在明嘉靖万历年间,封建社会已日趋没落衰败,阶级矛盾日益激化,在意识形态领域产生了叛离封建正统思想的进步思潮,李贽即是杰出代表。他思想激进,敢于蔑视孔孟权威,抨击道学,非孔反儒,因而被视为异端,屡次遭到无端迫害。统治阶层欲驱逐他,并欲将他置之死地,他顽强地表示:"我可杀不可去,我头可断而我身不可辱。"[《续焚书·与耿克念(第二信)》]又大义凛然地说:"可以知我之不畏死矣,可以知我之不怕人矣,可以知我之不靠势矣,盖人生只有一个死,无两个死也。"[《续焚书·与耿克念(第一信)》]。由于他的思想不为封建礼法所容,最后被加以"敢倡乱道,惑世诬民"的无辜罪名,下狱而死。李贽在这首诗中以不忘沟壑、不忘丧元的志士勇士自我期许,面对封建卫道者的政治迫害和命运打击,面对死亡的威胁,无所畏惧,准备以死殉志,体现了一种为了道德信念慷慨而死的大无畏精神。

磊 落

莫厌栖栖,但存耿耿,得失区区何足哀

明·高启《沁园春》:忆昔初逢,意气相倾,一何壮哉!拟献三千牍,叫开汉阙,蹑一双屩,走上燕台。我劝君酬,君歌我舞,天地疏狂两秀才。惊回首,漫十年风月,四海尘埃。摩挲旧剑生苔。叹同掩、衡门旧草莱。视黄金百镒,已随手去;素丝几缕,欲上头来。莫厌栖栖,但存耿耿,得失区区何足哀。心惟愿、对尊中酒满,树上花开。

作为传统的读书人,最基本的理想莫过于治国平天下,可是社会现实往往使他们的理想破灭,因此,感慨一生功业无成就成为传统文学作品中最常见的主题之一。高启生于元末,当时社会动荡,正是一个英雄出世的时候,驱逐异族的统治对汉人来说是一件振奋人心的事,所以,当明太祖朱元璋平定天下,高启曾作诗赞道:"……英雄乘时务割据,几度战血流寒潮。我今幸逢圣人起南国,祸乱初平事休息。从今四海永为家,不用长江限南北。"但事实上改朝换代并不意味着太平盛世的到来,高启渐渐也对明朝感到失望,这种感情在高启讥刺时事的诗中可以看出来。而高启也终于因为诗文而得祸,被腰斩于市,死时年仅三十九岁。

高启的这首词通过今昔的对比,表达了作者的失望和无奈。词的上半阕写往昔意气风发、试图建功立业的美好愿望,他希望自己能为国家献计献策,也希望能遇到一个像燕昭王那样礼贤下士的君主,但这种愿望并没有实现。年齿将衰(指迟暮的心态而言)、旧剑生苔,皆说明自己功业无成。自己虽然栖栖奔走,以求明君的赏识，以贡献拳拳之心，但始终没有得到重用。个人的得失是不足悲哀的，理想的破灭才是最可痛心的，他变成了一个"知其不可而为之"的儒者了。而饮酒赏花，只是表明自己归隐后的无奈心态而已。

"莫厌栖栖，但存耿耿，得失区区何足哀"所崇扬的是传统的儒家操守。孔子四方奔走，始终未遇到任用他的国君。《论语·宪问》里微生亩评价孔子说："丘何为是栖栖者与？"又有人评价孔子是"知其不可而为之者"。正因心存"耿耿"也即光明磊落的怀抱，所以其"栖栖"奔走绝非为名为利，而是为了崇高伟大的目标。苟能如此，则具体的得失又何足道哉！高启的这则人生格言充满了高尚的道德情操，永远值得我们珍视。

顿 悟

众里寻他千百度，蓦然回首，那人却在，灯火阑珊处

　　宋·辛弃疾《青玉案》：东风夜放花千树，更吹落、星如雨。宝马雕车香满路。凤箫声动，玉壶光转，一夜鱼龙舞。　蛾儿雪柳黄金缕，笑语盈盈暗香去。众里寻他千百度，蓦然回首，那人却在，灯火阑珊处。

　　王国维在《人间词话》中说："古今之成大事业、大学问者，必经过三种之境界：'昨夜西风凋碧树，独上高楼，望尽天涯路。'此第一境也。'衣带渐宽终不悔，为伊消得人憔悴'，此第二境也。'众里寻他千百度，蓦然回首，那人却在，灯火阑珊处。'此第三境也。 此等语，皆非大词人不能道。"

　　原词写的是元宵佳节时，灯市上有的是美丽的花灯、熙攘的人群，然而这一切都不是词人所追慕的，词人追慕的是灯火零落处孤芳自赏的美人，她自甘寂寞，不随流俗。

　　辛弃疾一生以抵抗金兵、收复失土为最大的志向，但他从四十三岁起，便遭到朝廷的猜忌而不再叙用。诗人既不能与投降派同流合污，就只能以孤芳自赏的姿态保持自己的志节，因此这首词里的美人实际上是诗人用以自喻的一种象征。

　　但这句词也可以包括更深一层的含义。它代表了一种理想的发现，一种人生意义的顿悟，也即王国维所揭示的：志存高远之士，经过千回百折的努力寻觅，终于在刹那之间获得了生命的真谛。

家国第三

友 善

落地为兄弟,何必骨肉亲?

晋·陶渊明《杂诗》(其一):人生无根蒂,飘如陌上尘。分散逐风转,此已非常身。落地为兄弟,何必骨肉亲?得欢当作乐,斗酒聚比邻,盛年不重来,一日难再晨。及时当勉励,岁月不待人。

这首诗前四句以陌上尘飘、随风四散比喻人生的漂泊不定。其立意显然受到古诗十九首中"人生寄一世,奄忽若飘尘"的影响,弥漫着人生无常的悲剧意蕴。"落地为兄弟"四句,提出了人与人之间的关系应亲如兄弟,和睦相处,表达了对好友相聚、斗酒为乐的真诚生活的向往。最后四句写光阴不再,必须趁年富力强之时有所作为,这是诗人的自策,也是与邻里的共勉。全诗比喻贴切形象,语言流畅自然,情中含理,启人深思。

"落地为兄弟,何必骨肉亲?"两句有着深刻的道德内涵,孔子说:"弟子,入则孝,出则悌,谨而信,泛爱众,而亲仁。"意思是说,在父母跟前,要孝顺父母;离开自己家,便敬爱兄长;寡言少语,说则诚实可信;博爱大众,亲近有仁德的人。儒家以孝悌为仁的基础:孝,是子女对待父母的正确态度;悌,是弟弟对待兄长的正确态度。诗人向往人与人之间如同兄弟的友好关系,他追求的是接近人生本原的理想生活:人们和谐共处,亲如兄弟,而不是在不合理的门第观的影响下形成等级制度,或者为追名逐利而尔虞我诈。这首诗是对东晋时期门阀制度的否定,也是对当时虚伪浮华社会风尚的批判。而"落地为兄弟,何必骨肉亲"这两句诗也就成为增进全社会的凝聚力和安定性的行为准则。

信 任

用人如用己,理国如理家

唐·元稹《遣兴》:爱直莫爱夸,爱疾莫爱斜。爱谟莫爱诈,爱施莫爱奢。择才不求备,任物不过涯。用人如用己,理国如理家。

元稹(779—831),字微之,河南(今河南省洛阳市)人。八岁丧父,由母郑氏亲授书卷,历经贫贱。这是他早期敢于与权奸斗争并努力创作新乐府的生活基础。元稹多才多艺,与李绅、李德裕才名相类,合称"三绝"。宫中嫔御多歌其诗,号为"元才子"。

元稹早期曾和白居易共同提倡"新乐府"运动,时称"元白"。他主张诗歌应反映民间疾苦,为政治服务。他有和李绅的新题乐府十二首,在诗序中称李绅的新题乐府"雅有所谓,不虚为文",并"取其病时之尤急者,列而和之"。他重视古代采诗以观风俗的方式,又用杜甫"即事名篇,无复依傍"的精神,作为创作乐府的方针。他的诗歌有沿用旧体的,有自创新题的,也有吸收民间形式的。

元稹在理家与治国两方面皆具有丰富的经验,这首诗可以说是其经验的总结,所以全诗均似格言。他喜爱直言不喜欢浮言,喜爱助人不喜欢浪费,人才有一技之长即可,不要求全责备。这首诗通俗易懂,言浅意深。看来元稹对这些道理有深刻的理解,所以能用诗歌的形式生动简洁地表达出来。

"用人如用己,理国如理家。"是此诗中的警句。前句意谓应当对所用之人有充分的信任、充分的理解，而且要尽量发挥所用之人的长处，如同用自己一样。后句意谓治理国家应当如同治理自己的家庭，尽心尽力，努力维护其利益。中华民族的传统文化中，对个体与群体的关系、家与国的关系，都有非常实际而深刻的思考。因为个体是群体的组成部分，家庭是国家的细胞，各个部分的利益之总和也就是整体利益之所在。所以儒家早就主张把推己及人作为仁爱的原则，并认为忠臣必出于孝子之家。人总是爱自身的，也总是爱其家庭的，如果能像爱自身那样爱他人，进而像信任自己那样信任他人，那就一定可以尽人之长；同理，如果能像爱自己的家庭那样爱国家，那就一定可以尽其所能地治理好国家。这两句话说得相当浅显易懂，但是内蕴的道理却是深刻精警的。它们对于身居高位的官员更加具有重大的启发意义。

勤　俭

历览前贤国与家，成由勤俭破由奢

　　唐·李商隐《咏史》：历览前贤国与家，成由勤俭破由奢。何须琥珀方为枕，岂得真珠始是车？运去不逢青海马，力穷难拔蜀山蛇。几人曾预《南薰曲》，终古苍梧哭翠华。

　　李商隐此诗本是哀悼唐文宗之作。唐文宗在位时，作风勤俭，政治上也曾想有所作为，但无奈唐王朝的大势已去，他的努力一败再败，两次谋诛宦官都未获成功，表明他已无力回天。诗中"成由勤俭破由奢"是对历史规律的总结，而唐文宗似乎是个例外，虽勤俭图治，却未能有所成就，所以李商隐对此颇为惋惜。

　　勤俭不仅仅是单纯的个人美德，还与政治密切相关。对勤俭、奢侈与成败兴亡的关系，前人早就有了深刻的认识。《韩非子·十过》中记载秦穆公问由余"古之明主得国失国"时有什么相同点，由余回答说："常以俭得之，以奢失之。"晋人陆云在《国起西园第表启》中也说："历览古今，以约失之者实寡，以奢失之者盖众。"治理国家如此，治理家庭也是如此。《墨子·节用下》说一个家庭"俭节则昌，淫佚则亡"，南宋刘克庄《贫民自警三首》称"力学勿忘家世俭，堆金能使子孙愚"。这些言论都是提倡勤俭、反对奢侈。

　　"成由勤俭破由奢"这一规律在历史上一次又一次被证明。可惜的是，总是有人没有牢记"成由勤俭破由奢"这一规律，像五代时的李存勖建立后唐之后，贪图享乐，宠幸伶人，结果被杀。欧阳修由衷地感慨："忧劳可以兴国，逸豫可以亡身"（《五代史·伶官传序》）。因此，我们绝不能忘记这一警示。

卫 国

国计已推肝胆许,家财不为子孙谋

唐·罗隐《夏州胡常侍》:百尺高台勃勃州,大刀长戟汉诸侯。征鸿过尽边云阔,战马闲来塞草秋。国计已推肝胆许,家财不为子孙谋。仍闻陇蜀由多事,深喜将军未白头。

这首酬赠诗,酬赠的对象是夏州胡常侍,其人现已不可考。从诗中来看,胡常侍应该是位驻守边陲的将军。诗中的夏州紧临长城,地势险隘,故址在今天的陕西榆林市横山区。晋朝时大夏国王赫连勃勃在此建立统万城,与晋王朝作战。罗隐在名作《登夏州城楼》中写道:"万里山河唐土地,千里魂魄晋英雄。"《夏州胡常侍》的首联写夏州的历史,所谓"勃勃州"就是指由赫连勃勃所建的统万城。次联写其边塞白云秋草的景象,第三联称赞胡常侍能够为国披肝沥胆,竭尽忠诚,不为自己及子孙谋取私利。尾联是说,边疆仍然不安定,幸好将军年富力强,能够捍卫边疆的安全。

"国计已推肝胆许,家财不为子孙谋"两句,涉及两方面的品质。一是对于国家,应该有一种肝胆相许的气度,没有任何保留;一是对于个人家庭的利益,不为子孙谋取物质财富。也就是说国家利益高于个人利益。这一道理并不高深,却很难做到。一般人也许不会贪赃枉法,不会不顾及国家利益,但是假如面对能够合法获取的家财,能有几人不为子孙谋?而为子孙谋家财,其结果又如何呢?前人早已从一次又一次的教训中总结出一条至理,就是给子孙遗留财产未必是好事。汉代的疏广退隐后,每日与族人置酒高会，有意将家财消耗殆尽，不为子孙置办产业。他认为过多的家财只能是"教子孙怠惰耳"。如果子孙"贤而多财，则损其志；愚而多财，则益其过"(《汉书·疏广传》)。此话令人深思。宋代的林逋说得更加警醒："广积聚者，遗子孙以祸害。"(《省心录》)既然如此，我们今天对以家财遗留给子孙一事也应该有清醒的认识。

捐 躯

捐躯赴国难,视死忽如归

魏·曹植《白马篇》:白马饰金羁,连翩西北驰。借问谁家子!幽并游侠儿。少小去乡邑,扬声沙漠垂。宿昔秉良弓,楛矢何参差。控弦破左的,右发摧月支。仰手接飞猱,俯身散马蹄。狡捷过猴猿,勇剽若豹螭。边城多警急,虏骑数迁移。羽檄从北来,厉马登高堤。长驱蹈匈奴,左顾凌鲜卑。弃身锋刃端,性命安可怀。父母且不顾,何言子与妻。名编壮士籍,不得中顾私。捐躯赴国难,视死忽如归。

曹植在青少年时期,随父曹操南征北战,精神昂扬奋发,颇有建功立业之志。他在《白马篇》中通过对一位北方少年勇士英雄行为的歌颂,抒发渴望为国效力、建功立业的豪迈精神。

诗中前六句介绍游侠儿的身世和来历,突出了来自有"好气任侠"名声的幽州、并州这一特点,以强调他的气质性格,并以他"少小去乡邑,扬声沙漠垂"的经历,烘托游侠儿英勇豪侠的形象。中间十四句描写他高超的武艺和善战的本领。其中,以"破""摧""接""散"四个动词详写其骑射,又以"狡捷过猴猿,勇剽若豹螭"两句,概括他灵巧、敏捷、勇猛和力大无穷的超人本领。这都是实写。接着,诗人又通过边城告警,来显示游侠儿如何施展自己的本领。诗中没有写游侠儿英勇善战的场面,只以"长驱蹈匈奴,左顾凌鲜卑"写胜利的结果,这是虚写。虚实结合,少年武艺高超、英勇善战的英雄形象便凸现出来。最后八句揭示少年崇高的献身精神。这八句重在刻画主人公的内心世界。

"弃身锋刃端，性命安可怀"是说自己在战场上出生入死，哪还顾及爱惜自己的生命。"父母且不顾，何言子与妻"以下四句以更加坚决的语气表明为国捐躯的决心，因为古人最重孝道，但是在忠孝不能两全时则以先忠后孝为原则。"捐躯赴国难，视死忽如归"最后两句把全诗的主题引向最高潮。揭示游侠儿视死如归、慷慨赴难的精神境界，同时也解释了他不顾及个人生死和家庭存亡的主要原因。至此，一位英勇过人而且有着崇高精神境界的爱国英雄的形象便展现在我们面前。

以身许国是中华民族所推崇的道德品质中的最高境界，为了国家视自己的生死存亡于不顾，就是爱国精神的生动写照。曹植此诗就是通过对游侠儿这一人物的描述，展示他自己视死如归的大无畏精神与高尚的爱国情怀。而"捐躯赴国难，视死忽如归"两句则分明是壮士奔赴报国的疆场之前的庄严誓词。

报 效

谋身拙为安蛇足，报国危曾捋虎须

唐·韩偓《安贫》：手风慵展八行书，眼暗休寻九局图。窗里日光飞野马，案头筠管长蒲卢。谋身拙为安蛇足，报国危曾捋虎须。举世可能无默识，未知谁拟试齐竽？

韩偓（844—914），字致尧，小名冬郎，唐长安万年（今陕西省西安市长安区）人。他是李商隐的连襟韩瞻之子，少能作诗，曾得到李商隐的赏识。进士出身，历任谏议大夫、翰林学士、中书舍人等职。后因不附朱全忠，被贬为濮州司马。其诗词藻华丽，有香奁体之称。后人辑有《韩内翰别集》。

这首诗是韩偓个性和生活经历的写照。儒家要求志士应该修身养性、安贫乐道，韩偓把此作为人生信条。他生逢晚唐乱世，很难有所作为，但能够安贫守道，已经很不容易。然而韩偓并不是一向都采取明哲保身的人生态度的，他不无骄傲地回忆起自己的一段光荣经历：当年朱全忠已经掌握了唐王朝的实际权力，篡夺之势已经形成，但韩偓却不畏强暴，坚决不阿附朱全忠，最终被贬出朝。

"谋身拙为安蛇足，报国危曾捋虎须。"这两句诗是《安贫》一诗的点睛之笔，它们意谓对一己的安危荣辱都置之度外。所谓"拙"，不是不能，而是不为或不屑为的意思。拙于谋身与奋不顾身地为国效力显然是同一种人生态度的两面，它们正是相辅相成的。这两句话表现了公而忘私的思想，这种为国为民而牺牲自我的精神光彩照人，价值永存。

牺　牲

相看白刃血纷纷，死节从来岂顾勋

唐·高适《燕歌行》：汉家烟尘在东北，汉将辞家破残贼。男儿本自重横行，天子非常赐颜色。摐金伐鼓下榆关，旌旗逶迤碣石间。校尉羽书飞瀚海，单于猎火照狼山。山川萧条极边土，胡骑凭陵杂风雨。战士军前半死生，美人帐下犹歌舞。大漠穷秋塞草腓，孤城落日斗兵稀。身当恩遇常轻敌，力尽关山未解围。铁衣远戍辛勤久，玉箸应啼别离后。少妇城南欲断肠，征人蓟北空回首。边庭飘飘那可度，绝域苍茫更何有。杀气三时作阵云，寒声一夜传刁斗。相看白刃血纷纷，死节从来岂顾勋。君不见沙场征战苦，至今犹忆李将军。

这首《燕歌行》是唐代边塞诗中的名篇，作于开元二十六年（738），高适第一次游蓟门之后。诗中形象地概括了开元年间唐军将士的戍守生活，反映了当时边塞战争中多方面的矛盾。诗歌既赞颂了守边士卒的献身精神，也表现出对他们长期冲锋陷阵、不得回归家园的同情，揭示了边将生活骄奢淫逸以及军中苦乐悬殊的现实，并大胆地指责朝廷用将不当，士卒无人体恤。诗中"战士军前半死生，美人帐下犹歌舞"两句采用对比手法描写军中将军和士卒的不同生活，造成强烈的反差，堪与杜甫的名句"朱门酒肉臭，路有冻死骨"相媲美。

尽管戍守生活艰辛，归家遥遥无期，守边士卒仍然显示了以身殉国的献身精神。"相看白刃血纷纷，死节从来岂顾勋"两句，体现了中华民族传统的道德追求。战争极其残酷，但是忠勇的将士仍然奋不顾身地奔赴疆场,他们自觉自愿地以身殉国,至于能否立功受勋则在所不计。高适是以反问的语气,肯定了以身殉国的价值取向。唐代诗人李希仲则从正面申述了这一道德追求,他说"当须徇忠义,身死报国恩"。他们所说的"死节""忠义",均是被古人视为高于个体生命价值的道德追求,其中自然难免含有忠君的封建道德内涵,然而其着重点还是在于忠于国家和民族,是牺牲一己利益乃至生命,而为群体做出贡献的大公无私的道德取向,是永远值得后人学习的。

匡 济

苟无济代心,独善亦何益

唐·李白《赠韦秘书子春》:谷口郑子真,躬耕在岩石。高名动京师,天下皆籍籍。斯人竟不起,云卧从所适。苟无济代心,独善亦何益。惟君家世者,偃息逢休明。谈天信浩荡,说剑纷纵横。谢公不徒然,起来为苍生。秘书何寂寂,无乃羁豪英。且复归碧山,安能恋金阙。旧宅樵渔地,蓬蒿已应没。却顾女几峰,胡颜见云月。徒为风尘苦,一官已白发。气同万里合,访我来琼都。披云睹青天,扪虱话良图。留侯将绮里,出处未云殊。终与安社稷,功成去五湖。

李白与著作郎韦子春十分投契,韦子春也是怀才不遇之人,他任著作郎至十年以上,曾漫游到琼都探访李白。李白作《赠韦秘书子春》一诗赠之。诗中抒发诗人怀才不遇的感受,表达了诗人匡时济世、功成身退的人生理想。

前八句用郑子真隐居谷口的典故。郑子真是汉成帝时的隐士,他拒绝大将军王凤的礼聘,耕于岩石之下,修道静默,世人敬重他清高的品行。李白在此反用该典,他请问:若无济世之心,个人独善其身又有何益?李白不赞同郑子真的隐逸,他认为匡时救世才是最重要的。"惟君家世者"八句,说谢安为救苍生,出而参政,叹息韦子春置于闲职,怀才而不得施展。"且复归碧山"八句描写韦子春欲归而不忍归的心态。"气同万里合"八句,则描写韦子春远游访李白,两人坦诚相交,议论世事的情态,并抒写报效社稷、功成身退的志向。

"苟无济代心，独善亦何益"一语，反映了李白积极用世的人生态度。孔子当年历尽艰辛，奔走各国，劝说君主行仁政之道，他抱着"知其不可而为之"的心态，百折不挠地宣扬自己的政治主张。后来，孟子提出"穷则独善其身，达则兼济天下"。意即在不同的处境中采取不同的处世之道：处顺境时匡时济世；处逆境时，洁身自好，不干预政事。这几乎成为历代所有士人共同的处世哲学。然而，李白对之并不苟同，他认为一个人如果没有拯济人世，匡救时弊的志向，只是洁身自好，不问世事，这对于国家对于人民又有什么好处呢？再进一步设想，如果人人独善其身，本来急需救治的国家只会变得不可救药，国之不存，个人又如何独善其身呢？李白的诗句显示了诗人所具有的强烈的社会责任感，他将个人命运与国家的成败兴衰紧密地联系起来。这正是明末顾炎武所提出的"国家兴亡，匹夫有责"这一爱国主张的先声，是我国传统道德中的精华。

悲 壮

丈夫誓许国，愤惋复何有

唐·杜甫《前出塞》（其三）：磨刀鸣咽水，水赤刃伤手。欲轻肠断声，心绪乱已久。丈夫誓许国，愤惋复何有。功名图麒麟，战骨当速朽。

唐玄宗天宝六年（747），河西、陇右节度使王忠嗣命令部将哥舒翰征讨吐蕃。天宝七年（748），哥舒翰大破吐蕃。天宝十二年（753），哥舒翰攻打吐蕃，收复九曲部落。杜甫借用乐府旧题《出塞》，写下了《前出塞》九首，以一个士兵的口吻，描述了艰苦的军旅生活及报国的理想。

这首诗先说征途中的士兵被鸣咽的水声唤起了久已有之的思绪，注意力不能集中，因此磨刀伤手，见到河水被染红了才发觉。虽然心里悲伤，但军令如山，无可奈何，转而以自励之语来求得自我安慰：大丈夫以身报国，还会有什么怨恨呢？因为功名是建立在牺牲之上的。全诗一唱三叹，回肠荡气，写出了士兵的复杂情感和诗人的复杂态度，但"丈夫誓许国，愤惋复何有"却成了千古传颂的悲壮之语。

"天下兴亡，匹夫有责"。历代仁人志士无不以报国为先，他们的人生理念深深植根于对祖国人民的热爱，根源于儒家思想的熏陶。"丈夫誓许国，愤惋复何有"两句表现出杜甫一片赤诚的报国之心，是对爱国精神的生动写照。

使 命

我欲乘舟去,击楫誓中流

宋·张孝祥《水调歌头》(闻采石战胜):雪洗虏尘静,风约楚云留。何人为写悲壮,吹角古城楼?湖海平生豪气,关塞如今风景,剪烛看吴钩。剩喜燃犀处,骇浪与天浮。 忆当年,周与谢,富春秋。小乔初嫁,香囊未解,勋业故优游。赤壁矶头落照,肥水桥边衰草,渺渺唤人愁。我欲乘舟去,击楫誓中流。

张孝祥(1132—1169),字安国,号于湖居士,历阳(今安徽省和县)人。宋高宗绍兴二十四年(1154),中进士第一。绍兴末年,金兵再次南侵,宋金矛盾又趋尖锐。张孝祥在诗词创作中感怀时事,表现爱国主题,风格豪迈。孝宗隆兴元年(1163),张孝祥代张浚为建康留守,在建康留守席上作《六州歌头》,表现出要求恢复国家统一的激情,对南宋政权的苟且偷安予以强烈谴责,张浚为之感动。他积极赞助张浚的北伐主张,反对屈辱的"隆兴和议"。孝宗乾道五年(1169)卒于芜湖(今安徽省芜湖市)。著有《于湖集》《于湖词》。据汤衡为其《紫微雅词》所写的序说:"见公平昔为词,未尝著稿,笔酣兴健,顷刻而成。初若不经意,反复究观,未有一字无来处。"他的词直抒胸臆,不事雕琢,具有潇洒出尘之姿,自然如神之笔,迈往凌云之气。他是苏轼和辛弃疾之间起着承上启下作用的重要词人。

这首词作于采石大捷之际。《宋史·高宗本纪》载:绍兴三十一年(1161)十一月,虞允文督建康诸军以舟师拒金主(完颜)亮于东采石,战胜却之。这是宋室南渡后首次大捷,全国上下为之欢欣鼓舞。张孝祥当时虽身在宣城、芜湖间，而心已飞到采石。他想象着城头传来鼓角阵阵，又仿佛亲眼看到了战士们充满了战斗豪情。他廓清天下的壮志因此更加坚定，不由得在灯下抚看宝剑，随时准备投入战斗。他借用古代曾经胜利地击退北军的名将周瑜和谢玄之典故来赞美虞允文，并表示自己决心乘长风破万里浪，统兵北伐。这首词表达了胜利的喜悦，歌颂了抗金将领们的功勋，抒发了誓死报国的激情。笔力酣畅淋漓，气势雄豪奔放，声情激越振拔，具有很强的感染力。

"我欲乘舟去，击楫誓中流。"两句是用晋代祖逖率军北伐，行舟到长江中流时击楫起誓，不收复失土决不南渡的故事，来表示自己坚决抗金的信念。当年祖逖以自己的生命实现了他的庄严誓言，如今张孝祥又以诗句的形式重申了这一誓言，它也必将成为后代无数爱国志士的誓言，它所蕴含的爱国情操和道义力量必将激励后人奋不顾身地走上保卫祖国的战场。

博 爱

穷年忧黎元,叹息肠内热

唐·杜甫《自京赴奉先咏怀五百字》:杜陵有布衣,老大意转拙。许身一何愚,窃比稷与契。居然成濩落,白首甘契阔。盖棺事则已,此志常凯豁。穷年忧黎元,叹息肠内热。取笑同学翁,浩歌弥激烈。非无江海志,潇洒送日月。生逢尧舜君,不忍便永诀。……默思失业徒,因念远戍卒。忧端齐终南,澒洞不可掇。(节录)

唐玄宗天宝十四载(755)十一月,安禄山在范阳举兵反叛。此时,杜甫正离开长安前往奉先县,探望家人。诗人看到沿途的凋敝情形,又联想到自己的坎坷身世,感慨成诗。

此诗篇幅较长,是杜甫的长篇代表作之一。它叙事相当简洁,全诗以议论感慨为主。诗的前八句自述平生大志,紧扣"咏怀"之题。"许身一何愚,窃比稷与契。"诗人自比稷、契,希望自己有生之年有一番作为。"穷年忧黎元,叹息肠内热",是这首诗的大旨,杜甫说出了自己的大志在于拯世济民。但沿途所见却是民不聊生的一片惨状。全诗自始至终贯穿着诗人悲天悯人的博大情怀,贯穿着拯世济民的抱负。

孟子曾说:"民为本,社稷次之,君为轻。"这是一种纯朴的民本思想。百姓是国家的根本,因此,关心民瘼、体恤民情,是民本思想的体现,也是爱国道德情操的体现。"穷年忧黎元,叹息肠内热。"这两句诗表现了杜甫的高尚品德,它也是中华民族传统道德的核心内容,我们一定要将它继承下去并发扬光大。

守 土

尧之都，舜之壤，禹之封。于中应有，一个半个耻臣戎

宋·陈亮《水调歌头》（送章德茂大卿使虏）：不见南师久，漫说北群空。当场只手，毕竟还我万夫雄。自笑堂堂汉使，得似洋洋河水，依旧只流东。且复穹庐拜，会向藁街逢。　尧之都，舜之壤，禹之封。于中应有，一个半个耻臣戎。万里腥膻如许，千古英灵安在，磅礴几时通？胡运何须问，赫日自当中。

陈亮（1143—1194），字同甫，婺州永康人（今浙江省永康市）人。南宋中叶重要的思想家、文学家。他提倡重视事功的哲学思想，与空谈性理的理学家针锋相对。一生力主北伐，反对议和，以布衣身份纵论天下事，死前一年考取进士第一，授签书建康府通判，而未及赴官。陈亮的词风近于辛弃疾，豪迈气概甚或过之，而文采稍逊。有《龙川词》。陈亮曾与辛弃疾相酬唱，志向意气十分投合。他的词作也是表现他自己的经世怀抱，"每一章就，辄自叹曰：平生经济之怀，略已陈矣"（叶适《书龙川词集后》）。其词主题多是表达爱国情感和恢复之志。

这首词是为朋友章德茂使金而作。章德茂即章森，曾任户部尚书，于淳熙十一年（1184）八月和淳熙十二年十一月两次使金。当时南宋士大夫慑于金的威势，多视使金为畏途，不敢承担。诗人在此词中勉励朋友发扬民族正气，不可向敌国低头，并坚信恢复之志一定能实现。章森仅是担任例行的庆贺使节，并无重要使命。诗人借此抒发大宋军民的抗金事业必胜的信念，以及对于统治者议和投降的不满，并表示了对侵略者的满腔义愤和蔑视。这首词充满豪迈之气，表现了强烈的民族自信心。诗人相信这种民族正气会表现在朋友身上，也会表现在中原地区人民的身上，本民族的千古英灵不会允许侵略者的铁蹄长期蹂躏大好河山，意即我们一定能战胜敌人，收复国土。大宋的国运一定会长久昌盛，就像一轮红日自应照耀当空！章森使金本来并无特别的意义，但是此词却借送章前往沦陷区这个主题具体生动地讴歌了民族精神。词的章法井然，上片多直述，下片多反话，笔法有变化而又一气贯注。下片以有力的短促排比句揭示主题，造成斩钉截铁的强烈效果。结尾先抑后扬，使全词在高亢有力处结束。

"尧之都，舜之壤，禹之封。于中应有，一个半个耻臣戎。"这几句词大义凛然，鼓动人心，被誉为"可作中兴露布读"（陈廷焯《白雨斋词话》卷一）。词人先请出中华民族祖先的三位明君，一则说明神州大地早从尧、舜时代开始就是汉民族的固有领土；二则表示后人理应继承尧、舜、禹的精神，为保卫本民族的疆土，为维护本民族的光荣而奋斗。作为尧、舜、禹的传人，生活在他们开辟草莱、治理洪水所得来的土地上，难道我们不应该以臣服外民族为耻辱吗？这一问义正词严，既是对一小撮投降派的尖锐嘲讽，又是对广大抗金军民的强烈鼓励。它蕴含着中华民族决心维护民族尊严的坚强决心，也蕴含着强烈的民族自豪感，是全民族的道德格言。

忠　诚

疾风知劲草，板荡识诚臣

唐·李世民《赐萧瑀》：疾风知劲草，板荡识诚臣。勇夫安识义，知者必怀仁。

这是唐太宗李世民赐给大臣萧瑀的诗。前两句以急风中才能知道什么草劲直不弯为喻，导出动荡形势下才能识别忠臣的结论。后两句意思为，徒有勇力的人并不能理解"义"的含义，而真正的智者一定怀有"仁"的品质，这是对"诚臣"内涵的具体揭示。这首诗显然不是我们常见的那种君臣之间附庸风雅的作品，而是一个君主对其大臣的操行人格的高度肯定和褒扬。

"疾风知劲草，板荡识诚臣"二句生动形象，深刻精警。萧瑀历仕隋炀帝、唐高祖、唐太宗三朝，皆以耿直著称，为贞观十七年（643）图形于凌烟阁的二十四位功臣之一。唐太宗曾对名相房玄龄说过这样一段话：隋炀帝刚愎暴虐，萧瑀不为所屈，为了国家大局，常冒生命危险，直言进谏；高祖时，我受兄弟排挤，处境艰危，萧瑀能不为厚利所诱，不畏杀身之祸，主持公道，坚持原则，消除高祖对我的疑忌之心。因此，萧瑀确实可称是"社稷臣"。这里谈到萧瑀在极端苦难处境中坚持原则，为国忘身的事迹，可以帮助我们理解"疾风"二句蕴含的道德意义。

曾子曾赞"临大节而不可夺也"为"君子人"。在国家命运面临严重危机的时候，"诚臣"挺身而出，以坚强的意志，舍生忘死的态度力挽狂澜，这种高风亮节当然是"君子人"道德的最高典范。

爱 国

寄意寒星荃不察，我以我血荐轩辕

现代·鲁迅《自题小照》：灵台无计逃神矢，风雨如磐暗故园。寄意寒星荃不察，我以我血荐轩辕。

鲁迅（1881—1936），伟大的文学家、思想家。原名周树人，字豫才，浙江绍兴人。1930年起，先后参加中国左翼作家联盟和中国民权保障同盟等进步组织，积极参加革命文艺运动。

这首诗作于1903年，当时鲁迅正在日本留学。灵台指心，《庄子·庚桑楚》："不可内于灵台。"注："灵台，心也。"神矢，谓希腊神话中的爱神丘比特的神箭。传说丘比特手持弓箭，一旦他用神箭分别射中男女双方的心，那一对男女就必定会坠入情网而不能自拔。鲁迅把中西两个典故合用在一句诗中，意谓自己对祖国怀有深深的眷恋，就像是男女之间无法逃避的入骨相思。"寄意寒星荃不察"句中两次用典，《楚辞·九辩》："愿寄言夫流星兮。"王逸注："欲托忠策于贤良。"《楚辞·离骚》："荃不察余之忠情兮。"王逸注："荃，香草；以喻君也。"此句意谓本想请夜空中的寒星传达自己对祖国的一腔衷情，可是祖国却毫无觉察。轩辕即黄帝（姓轩辕氏），上古传说中华民族的先祖，此借指祖国，全句意谓自己愿将一腔热血贡献给祖国。

"寄意寒星荃不察，我以我血荐轩辕。"这是青年鲁迅对灾难深重的祖国的庄严誓词，他后来用毕生的努力实现了这个誓言。无论祖国处于何种境地，她的儿女都不会改变对她的爱，就是这两句诗所蕴含的道德意义。

豪 迈

我自横刀向天笑,去留肝胆两昆仑

清·谭嗣同《狱中题壁》:望门投止思张俭,忍死须臾待杜根。我自横刀向天笑,去留肝胆两昆仑。

谭嗣同(1865—1898),字复生,号壮飞,湖南浏阳人。他出身于官僚家庭,曾先后游历西北、东南诸省,甲午战争后,为中国积弱不振而深感忧愤,在浏阳创立学社。1897年黄遵宪等在湖南实行新政,谭嗣同应邀赴长沙,积极参与设立时务学堂,筹办内河轮船、开矿、修铁路等活动,又倡设"南学会",成为维新运动中的左翼领袖。在改良主义思潮的激荡下,他终于成为一个激进的资产阶级改良政治家和思想家。1898年8月入京,被光绪皇帝任为军机处章京,受命与林旭等参与新政,共谋变法。但维新运动受到保守派的百般阻挠,不久保守派发动政变,光绪帝被囚,西太后训政,四处搜捕维新派人士,谭嗣同与林旭、杨锐、杨深秀、刘光第及康广仁等"戊戌六君子"同时被害,年仅三十三岁。

这首绝句是谭嗣同在光绪二十四年(1898)八月初十至十三数日间所作的绝笔。全诗展示了一个忧国忧民、勇于牺牲自我的义士形象,在生死关头,依旧和南海康有为及侠客大刀王五心心相印。关于诗中的"两昆仑",后人有不同的理解,比较流行的说法是指康有为和王五,谭嗣同把变法的希望寄托在他们身上。此诗充满着坚强不屈、藐视死亡的豪迈胸襟。他曾经说过:"各国变法,无不从流血而成,今日中国未闻有因变法而流血者,此国之所以不昌也。有之,请自嗣同始!"(梁启超《戊戌政变记·谭嗣同传》)为了推行变法图强,他最终以自己的鲜血和生命实现了自己的诺言。

"我自横刀向天笑,去留肝胆两昆仑。"这两句慷慨豪迈的诗句为人们树立了舍生取义的人格典范,那种为了正义横刀而笑,视死如归的精神,必将流芳百世,垂训后人。

统 一

卷土重来未可知,江山亦要伟人持

清·丘逢甲《离台诗》:卷土重来未可知,江山亦要伟人持。成名竖子知多少,海上谁来建义旗。

丘逢甲(1864—1912),字仙根,号仓海,台湾苗栗县人。他是光绪十五年(1889)进士,曾担任兵部主事。甲午战争以后,腐败无能的清政府与日本政府签订了丧权辱国的《马关条约》,把辽东半岛、台湾岛、澎湖列岛割让给日本。消息传出,举国激愤,台湾人民不愿脱离祖国,纷纷奋起抗日。丘逢甲极力反对清廷将台湾割让给日本。与唐景松、刘永福等人在台湾组织义军,顽强地与倭寇周旋。新竹一役,因弹尽粮绝最后失败,后他离台内渡广东,从事教育活动,仍然以收复台湾自励。丘逢甲是清代末年台湾著名的诗人,具有强烈的爱国主义思想,梁启超曾称赞他为"诗界革命一巨子"。《离台诗》六首是诗人乘舟离开台湾时所作,这首诗是组诗的第三首。全诗对清王朝割地辱国表示了无限的愤慨,对祖国统一、民族危亡充满了忧虑,希望有朝一日可以卷土重来,收复宝岛台湾,报仇雪耻,反映了强烈的爱国主义精神。

"卷土重来未可知,江山也要伟人持。"这两句诗表达了一种国获江山、收复故土的英雄气概,在当时就很有影响。中华历史上每当国家民族面临存亡危殆之秋,总会有不少志士仁人挺身而出,丘逢甲就是这样的"伟人",虽然他的抗日救国活动失败了,但其爱国主义的精神永远值得后人纪念。

热　血

一腔热血勤珍重，洒去犹能化碧涛

清·秋瑾《对酒》：不惜千金买宝刀，貂裘换酒也堪豪。一腔热血勤珍重，洒去犹能化碧涛。

秋瑾（1875—1907），字璿卿，号竞雄，自称鉴湖女侠，浙江绍兴人，是近代史上杰出的革命家、诗人。她原是名门闺秀，1903年寓居北京时，目睹了清政府的腐败和列强瓜分中国的危机；庚子事变后，忧愤日深，遂于1904年毅然离家东渡日本，寻求救国救民的真理。次年参加光复会和同盟会，积极从事革命活动。1906年归国后，奔走各地，创办报刊，鼓吹资产阶级革命。不久回到故乡绍兴主持大通学堂，并和徐锡麟筹建光复军，策划组织反清武装起义，后因徐锡麟刺杀安徽巡抚恩铭事泄被捕，1907年7月15日在绍兴古轩亭口从容就义，年仅三十三岁。

这是一首以自己的生命和鲜血写成的气壮山河的诗篇，全诗鲜明地表现了一个巾帼英雄献身祖国、万死不辞的英雄气概。诗人既热爱生命，又随时准备为挽救国家民族危亡而不惜牺牲，她曾经这样说过："吾自庚子以来，已置吾生命于不顾，即不获成功而死，亦吾所不悔也。"（《致王时泽书》）表明要抛头颅、洒热血，号召人们起来用武装推翻清朝的统治，用热血来改造腐朽的旧时代，唤起民众拯救祖国的信心，洋溢着革命的豪情壮志和大无畏的斗争精神，具有强烈的感染力。

"一腔热血勤珍重，洒去犹能化碧涛。"这两句诗意谓对自己的生命本是十分珍惜的，不愿将它轻易地抛弃掉，但是为了正义的事业,则不惜以死一搏,甘洒满腔热血,为国献身。她坚信这种牺牲是有价值的,她的生命必将换来一个新的世界,正如一腔热血终将化成大海中澎湃不息的怒涛。诗句塑造了一个激昂慷慨、为国殉难的巾帼女侠形象。她为正义事业不惜赴汤蹈火的崇高情操,永远值得后人怀念。

忘 身

出师未捷身先死，长使英雄泪满襟

唐·杜甫《蜀相》：丞相祠堂何处寻，锦官城外柏森森。映阶碧草自春色，隔叶黄鹂空好音。三顾频烦天下计，两朝开济老臣心。出师未捷身先死，长使英雄泪满襟。

这是上元元年（760）杜甫初到成都时所作的一首凭吊三国时蜀汉丞相诸葛亮的诗。当时安史之乱还没有平定，社会动荡不宁，人民呻吟流血，诗人本人也饱受战乱之苦，自关中长途跋涉，来到蜀地避难。衰乱的时世，忧患的人生，多么需要那种能够济危拯溺的英雄的出现。杜甫这首诗就是在这种背景和心态下创作的。诗的前四句写诸葛亮祠堂的环境：诸葛亮当年亲手所植的柏树而今已枝叶森森；杂草映阶，春来依然碧绿；黄鹂隔叶，空作好音娇啭。一切是如此的肃穆、宁静，肃穆得让人凄凉，宁静得让人寂寞。从中我们不难体会那种英雄已去、时乏良才的深沉悲慨。后四句直抒胸臆，表达对明君贤臣风云际会的向往，对诸葛亮为国忘身、"鞠躬尽瘁，死而后已"的精神的敬佩，也对诸葛亮功业未成、赍志而没深表哀叹。全诗怀古伤时，苍凉悲壮。

"出师未捷身先死，长使英雄泪满襟"是诗中的名句，千百年来感动过无数志士豪杰，史载唐顺宗朝的政治革新派领袖王叔文在改革失败前夕，曾反复悲吟这两句诗。这两句诗的道德含义在于：它在慷慨悲叹中，讴歌了尽心报国、死而后已的高尚情操。诸葛亮曾在上给后主刘禅的《出师表》中表示要"鞠躬尽瘁，死而后已"。为了完成复兴汉室、平定天下的志愿，他终于积劳成疾，死于伐魏的前线军营，用行动实现了出师前的誓言。杜甫身处忧患，然一生心系国家的命运和民众的苦难，他虽然不能像诸葛亮那样获得辅时济世的机会，但其尽忠报国、死而后已的情怀则与诸葛亮毫无二致，因此在凭吊先贤祠庙、缅怀先贤功业之时，也就自然会"怅望千秋一洒泪"了。王叔文则是以诸葛亮自比，抒发壮志难酬之悲，表白"鞠躬尽瘁，死而后已"的为国献身的道德人格。这是一种在任何国家、任何时代都令人肃然起敬的美德。

爱民第四

悲 悯

长太息以掩涕兮,哀民生之多艰

屈原《离骚》:謇吾法夫前修兮,非世俗之所服。虽不周于今之人兮,愿依彭咸之遗则。长太息以掩涕兮,哀民生之多艰。余虽好修姱以鞿羁兮,謇朝谇而夕替。既替余以蕙纕兮,又申之以揽茝。苟余心之所善兮,虽九死其犹未悔。(节录)

屈原是战国时期楚国人,也是中国文学史上第一位伟大的爱国诗人。他博学多才,重视对自己各方面才能和美好品德的培养,早年深得国君楚怀王的信任,经常出入宫中,参与讨论国家大事。屈原一直对楚国忠心耿耿、尽职尽责,但正是他的才华和受信任遭到了别人的忌妒,楚怀王身边的小人们不断地散布流言,给屈原罗织一些莫须有的罪名。最终,楚怀王听信了谗言,渐渐疏远屈原,并把他流放到外地。

《离骚》这首长篇抒情诗就是屈原在流放外地时所写的。在《离骚》中,屈原首先回顾了自己一生的所作所为,表明自己对楚国和楚国人民的忠诚和热爱,痛恨和鄙视那些结党营私的小人,而对楚怀王的听信谗言则感到痛心不已。所以汉代的司马迁在《史记·屈原列传》中说:"屈平(即屈原)疾(楚怀)王听之不聪也,谗谄之蔽明也,邪曲之害公也,方正之不容也,故忧愁幽思而作《离骚》。"他痛恨这个是非不分的丑恶社会,因而在"举世皆浊,唯我独清"的时候更加感到痛苦。尽管遭受到巨大的打击和不公正的对待,但屈原没有选择逃避,更没有选择同流合污,所以在《离骚》中,他一再表明自己坚决不妥协、不逃避现实的态度,一方面抨击黑暗腐败的社会现实,一方面又坚持自己实现美政的社会理想,坚守自己的君子的人格情操。

"长太息以掩涕兮,哀民生之多艰"是屈原峻洁人格的最好说明。他在自己身处逆境、遭遇巨大的人生挫折时,首先想到的不是自己,而是自己的人民,为楚国百姓的艰难处境而担忧和哭泣。这与后来宋代范仲淹所说的"先天下之忧而忧,后天下之乐而乐"的精神异曲同工。也正是这种精神构成了中国知识分子忧国忧民、关心国家大事的基本品格。

友 爱

岂曰无衣，与子同袍

《诗经·秦风·无衣》：岂曰无衣，与子同袍。王于兴师，修我戈矛。与子同仇。 岂曰无衣，与子同泽。王于兴师，修我矛戟。与子偕作。 岂曰无衣，与子同裳。王于兴师，修我甲兵。与子偕行。

这是一首表现东周初年秦国广大官兵爱国主义精神的诗歌。秦国地处我国的西北边区，与西北部的一些少数民族相接近。当时的犬戎经常入侵，秦国上下积极参战，以实际行动抵抗侵略，周平王封秦襄公为诸侯，也命他攻逐犬戎，因为是周天子之命，所以诗中说"王于兴师"。全诗分为三章，每章的大致意思相同。袍是外衣，如同今天的披风或斗篷，泽是指贴身的内衣，裳是下衣，但本诗中的"同袍""同泽"和"同裳"不是指两人同穿一件衣裳，而是说士兵兄弟之间不分彼此，大家共享有限的物质设备。实际上，它主要想表达的意思是彼此要同甘共苦，共赴国难，也就是后面所说的"与子同仇""与子偕作"和"与子偕行"，即同仇敌忾，一起行动起来，共同奔赴战场，共同御侮，直至为国捐躯。

自古以来，中华民族出现了多少爱国英雄，为了国家和民族的利益，特别是在国家和民族危急存亡的紧要关头，无数的仁人志士总是挺身而出，以他们的实际行动来拯救国家。这首诗表达的正是为国从军的慷慨激昂之情和必胜的信心，诗中充满着同仇敌忾的英雄气概，它是激励战士走上保卫祖国战场的号角。

忧 国

公若登台辅,临危莫爱身

唐·杜甫《奉送严公入朝十韵》:鼎湖瞻望远,象阙宪章新。四海犹多难,中原忆旧臣。与时安反侧,自昔有经纶。感激张天步,从容静塞尘。南图回羽翮,北极捧星辰。漏鼓还思昼,宫莺罢啭春。空留玉帐术,愁杀锦城人。阁道通丹地,江潭隐白蘋。此身那老蜀,不死会归秦。公若登台辅,临危莫爱身。

宝应元年(762),唐代宗即位,六月,召西川节度使严武入朝。杜甫当时正流落在成都,作此诗赠别。诗从朝廷召还严武的缘由写起:肃宗去世,代宗初立,因时势艰难而"忆旧臣",而严武昔日扈驾灵武,近来镇守蜀中,确有经邦治国的才能。"南图"四句预想严武侍朝入觐时宫中的情景,倾注了诗人的祝愿和歆慕。最后八句正面叙写离情别意:先述自己留滞异乡之感,再以"公若登台辅,临危莫爱身"十字赠言收结,笔力千钧,令人肃然起敬。

"公若登台辅,临危莫爱身。"这是诗人对友人的勉励和期待,也表达了杜甫本人的为官理想。孟子曾说过:"穷则独善其身,达则兼济天下。"中国古代知识分子大都以此为立身处世的基本原则,故得志在位,自当以身许国,奋不顾身,以实现"兼善天下"的目标。"临危莫爱身"可以说是每一个做大臣的都应该努力实践的职业道德准则。那些只知贪恋禄位、明哲保身的公卿将相,向来被视为寡廉鲜耻,成为文人学士笔下嘲讽挞伐的对象。

但这两句诗由此时此地的杜甫说出,意义却不同寻常。因为此时此地的杜甫是一位漂泊异乡的"穷"者,连衣食也主要依靠严武的接济，因而完全有理由"独善其身"，不必操心"达"者的职责；何况严武的离去，对杜甫个人来说也将意味着今后的生活所需失去了保障，今后的人生之路更加艰难，因而在为友人仕途腾达由衷高兴的同时，他也完全有理由临歧痛哭。然而杜甫没有这样做，他跳出了泣涕如雨、黯然神伤的赠别诗的常套，似乎有点越俎代庖地以一"穷"人而思"达"者之事，吟唱出"公若登台辅，临危莫爱身"这样的慷慨之音，这显然不只是出于艺术上求新的考虑，而是诗人一贯的"致君尧舜"之志、忧国忧民之情的自然流露。心忧天下，不论穷达，这种"位卑未敢忘忧国"的情操是杜甫对儒家"亚圣"孟子提出的处世准则的修正和完善。后人尊他为"诗圣"，正是包含了对他这种崇高的道德境界的敬仰。

民　主

视人当如子，爱人亦如伤

　　唐·李隆基《赐诸州刺史以题座右》：眷言思共理，鉴梦想维良。猗与此推择，声绩著周行。贤能既俟进，黎献实伫康。视人当如子，爱人亦如伤。讲学试诵论，阡陌劝耕桑。虚誉不可饰，清知不可忘。求名迹易见，安贞德自彰。讼狱必以情，教民贵有常。恤惸且存老，抗弱复绥强。勉哉各祗命。知予眷万方。

　　这首诗是唐玄宗李隆基给廷臣的赐诗，作于开元十六年（728）。是年，唐玄宗亲自挑选廷臣任诸州刺史，共派遣十一人。宣诏宰相、诸王、御史以上官员在洛水边设宴送行，盛设酒馔。玄宗亲作此诗，令大臣题为座右铭。

　　玄宗在诗中向廷臣提出为政的要求，同时强调为政者自身素质的培养，从中可见其政治主张。他认为为官者应招贤纳士，爱民如子，重视教育，经常对百姓进行教化；要重视农业，劝民农耕；还要注重自身的道德修养，不沽名钓誉；处理狱讼要顺应人情，体恤孤独无依者，关心老人，同时也别忘记安抚弱者及强者。全诗充满了儒家政治道德的各种内容。

　　早在战国时期，老子就说："圣人常无心，以百姓心为心。"这里的圣人，当是老子心目中的理想统治者。老子认为统治者应以百姓的心为自己的心，提倡收敛自我的意欲，不以主观意志作为是非好恶的标准，破除自我中心而去体认百姓的需求。这是古人对民主政治的向往。孟子也表达了"民为贵，社稷次之，君为轻"

的民本思想。"视人当如子，爱人亦如伤"一语，体现了玄宗爱民如子的民主观念。作为一名封建帝王，能有这样的思想，实属难能可贵。由此我们也不难想象大唐盛世中"开元之治"出现的根本原因。

除　弊

欲为圣朝除弊事，肯将衰朽惜残年

唐·韩愈《左迁至蓝关示侄孙湘》：一封朝奏九重天，夕贬潮州路八千。欲为圣朝除弊事，肯将衰朽惜残年。云横秦岭家何在，雪拥蓝关马不前。知汝远来应有意，好收吾骨瘴江边。

元和十四年（819）正月，唐宪宗从凤翔法门寺迎佛骨入大内供奉，韩愈上《论佛骨表》极力反对，言辞激烈，触怒宪宗，几被处以极刑，幸赖宰相裴度等人说情，才得以从轻发落，由刑部侍郎远谪为潮州刺史。这是韩愈一生中遭受的最大一次政治打击。自京城出发不远，来到蓝田关，侄孙韩湘赶来与之会合，韩愈遂写下此诗。

诗的前四句一气直下，叙述获罪之由，表明忠心为国之志：早上呈递奏折，晚上即被贬往八千里外，定罪何其速！又何其重！但我原是为了祛除惑乱国家的"弊事"而上书，即使为之献出生命又有什么可惜。五、六两句即景抒情：回望来程，唯见云横秦岭，故乡不知何处？前瞻去路，大雪封锁蓝关，马也徘徊不前，写尽志士失路之悲。结尾两句交代后事，意谓韩湘当是预料我此番远谪无生还之理，所以才特意自远处赶来同往，以便在潮州收拾我的遗骨，语气极为沉痛。

"欲为圣朝除弊事，肯将衰朽惜残年"写得气壮山河，义薄云天。它首先表现了一种刚直不阿的卫道精神。敢于将当时举国痴迷的佛教斥为"弊事"，敢于在《论佛骨表》的结尾表示"佛如有灵，能作祸祟，凡有殃咎，宜加臣身，上天鉴临，臣不怨悔"，这需要何等的胆识和勇气，但对于韩愈来说，这样做却是义不容辞的。韩愈一生以振兴儒学为己任，以儒家道统的继承人自居，而为了捍卫儒学，就必须坚决排诋佛教以及道教，因为在他看来，佛、道与儒之间只能是"不塞不流，不止不行"的关系，就是说如果佛、道学说不加阻止，那么儒学便不能流行。其次，它又表现了一种以身许国、老而弥坚的浩然正气。韩愈辟佛倡儒，是因为他坚信"以之为心，则和而平；以之为天下国家，无所处而不当"，即认为只有儒学才是修身治国的正道，因此在他身上，殉道与死国本是联系在一起的，是二而一的事情，故反佛既是卫道，也是为国"除弊事"。

"欲为圣朝除弊事，肯将衰朽惜残年。"剔除其间包含的封建性糟粕，其勇于殉道与以身许国的刚毅精神在今天仍不失为值得发扬光大的美德。

舍 己

但愿众生皆得饱,不辞羸病卧残阳

宋·李纲《病牛》：耕犁千亩实千箱,力尽筋疲谁复伤？但愿众生皆得饱,不辞羸病卧残阳。

李纲（1083—1140），字伯纪，邵武（今属福建）人。靖康元年（1126），金兵初围开封，他坚决主战，阻止钦宗迁都，以尚书右丞为亲征行营使，击退金兵。高宗即位，拜尚书右仆射兼中书侍郎，主张用两河义军收复失地，在职七十日，被黄潜善等排斥。后历任湖广宣抚使等职。屡上疏论时事，反对议和。卒谥忠定。

这首诗是李纲于建炎二年（1128）贬谪武昌后所作。他官至宰相，"负天下之望，以一身用舍为社稷生民安危"，"忠诚义气，凛然动乎远迩"（《宋史·李纲传》）。然而，由于反对媾和，力主抗金，并亲自率兵收复失地，终为投降派所排挤，内心极为抑郁不平。因此，作《病牛》以自慰。

前两句叙述牛的功绩与现状，为突出后两句做了铺垫。诗人连用"千亩""千箱"，泛指其多，强调了牛的辛苦和功绩，同时也含蓄地揭示了病牛之所以致病的原因：如此辛勤劳作，哪有不病的道理呢？牛为主人耕田千亩，粮谷满仓，筋力已尽。人们对它是同情，是漠视，还是遗弃？这是诗人直接向人们提出的责问。"但愿众生皆得饱，不辞羸病卧残阳"，以牛的口吻作答，语气则由上句的悲怨转为自我安慰，表现出大公无私的献身精神。诗中的牛正是诗人的化身，表现出宽广的胸怀和兼济天下的仁义精神。这是一首托物言志诗，诗人的辛苦遭遇和牺牲精神催人泪下，仁爱之心更是永远值得人们学习。

  "病牛"的形象是由它的功绩、结局和思想境界共同构成的，这是一个值得同情、值得尊敬的艺术形象。这首诗借咏牛喻志，表现了诗人虽然为国事鞠躬尽瘁，却在垂老之际遭致抛弃，然而因实现了兼济之志而自我安慰的崇高思想境界。

亲　民

些小吾曹州县吏，一枝一叶总关情

　　清·郑燮《潍县署中画竹呈年伯包大中丞括》：衙斋卧听萧萧竹，疑是民间疾苦声。些小吾曹州县吏，一枝一叶总关情。

　　郑燮（1693—1765），字克柔，号板桥，江苏兴化人。幼年家境贫寒。乾隆丙辰（1736）举于乡，连登进士第，授范县知县，改调潍县，以岁饥为民请赈，忤大吏，遂引疾辞归扬州，以卖画为生，有《郑板桥集》。他的诗文朴实真率，多表现民生疾苦，抒写磊落的胸怀。他多才多艺，除诗文外，又善书画篆刻，是清中叶著名的"扬州八怪"之一。

　　郑燮一贯关心民间疾苦，因此，当他在衙斋中听到萧萧的竹声，便产生出"疑是民间疾苦声"的观念，把自己的感情投射到竹子中去了。"疑"字在这里用得很恰当，他并没有将竹声当真指为"民间疾苦声"，而是选择了揣测疑问之辞，这就把一个夙夜为民操劳、颇为敏感的官吏的内心世界展示了出来。诗的最后一句采用了借代的手法，把"疑是"化为实指，直接把竹子当作治下的百姓。"一枝一叶"比喻细微末事，比喻民生疾苦。"总关情"则抒发了诗人与百姓血肉相连、官虽卑而竭力为民办事的高尚情操。

　　这首题画诗不仅表达了诗人"读书志在圣贤，为官心存君国"的虔诚愿望，也表达了他劝勉州县吏和他一起这样做的心愿。然而，这种愿望在封建社会中是很难行得通的。1753年，当郑板桥任潍县县令八年之后，终于因大旱为民请赈事得罪了上司，被迫弃官而去。临别，他作《予告归里，画竹别潍县绅士民》一诗："乌纱掷去不为官，囊橐萧萧两袖寒。写取一枝清瘦竹，秋风江上作渔竿。"这是一个亲民之官面对冷酷现实而做的痛苦抗争，可以看作是《潍县署中画竹呈年伯包大中丞括》的续篇，反映了封建社会一名勤政廉洁的官吏坚强的个性、美好的理想和无可奈何的结局。

"些小吾曹州县吏，一枝一叶总关情"是儒家民本思想的反映，具有强烈的仁爱精神，这对任职一方的官员尤其具有很大的道德启发意义。

担 当

苟利国家生死以,岂以祸福避趋之!

清·林则徐《赴戍登程口占示家人》:力微任重久神疲,再竭衰庸定不支。苟利国家生死以,岂以祸福避趋之!谪居正是君恩厚,养拙刚于戍卒宜。戏与山妻谈故事,试吟断送老头皮。

林则徐(1785—1850),字元抚,号少穆,侯官(今福建省福州市)人。嘉庆十六年(1811)进士,历官浙江盐运使,江苏、陕西等按察使,满北、江宁等布政使,道光十一年(1831)擢河东河道总督,曾修治黄河。调江苏巡抚,兴修浏河等水利。道光十七年任湖广总督。他关心国计民生,因感于鸦片的危害,上奏道光皇帝,尖锐地指出:若不严厉禁烟,"数十年后,中原计无可以御敌之兵,且无可以充饷之银"。道光十八年十二月,受命为钦差大臣,赴广州查禁鸦片输入。次年在虎门当众销毁英商鸦片二万多箱。鸦片战争中,力主抗敌,屡败英军。英军侵犯广东不逞,伺机侵占定海,北犯大沽,林则徐遭投降派诬陷而被革职,充军新疆伊犁。后起为陕西巡抚,擢云贵总督,因病辞归。著《云左山房诗钞》八卷。

林则徐从事诗歌创作活动很早,嘉庆末年,在京师曾与宋诗提倡者程恩泽同时参加"宣南诗社"。其诗早期多为官场应酬之作。鸦片战争后多表示对国事的关怀和对投降派的愤慨,有郁勃苍凉之气。李岳瑞《春冰室野乘》卷上评道:"劲气直达,音节高朗。"夏敬观《学山诗话》评道:"其胸次磊落,性量和平,于诗中可见之。"潘焕龙《卧园诗话》评道:"沉博绝丽,卓然大家。"其诗以语言平易、风格苍劲而见长。

这首诗写于 1842 年。诗人因坚决禁烟而被贬流放，但仍然心胸坦荡。在即将告别家人登程赴新疆伊犁时，他所挂念的不是妻子儿女和个人得失，而是国家和民族的利益，并且表示，为了国家的前途和命运，他宁愿置自己的荣辱生死于度外，决不避祸趋福。全诗展示出一个真正爱国者的崇高形象。

"苟利国家生死以，岂以祸福避趋之。"既是他人生志向的表达，也可看作是对他一生经历的概括。他是这样说的，也是这样做的，言行一致，光明磊落。他一生为国为民兴利除弊，做了许多好事，自己历尽磨难，但壮志不改，这是民族脊梁的精神。具有这种精神，中华民族就可以永远屹立在世界的东方。

仁 爱

安得广厦千万间，大庇天下寒士俱欢颜，风雨不动安如山

唐·杜甫《茅屋为秋风所破歌》：……俄顷风定云墨色，秋天漠漠向昏黑。布衾多年冷似铁，娇儿恶卧踏里裂。床头屋漏无干处，雨脚如麻未断绝。自经丧乱少睡眠，长夜沾湿何由彻！安得广厦千万间，大庇天下寒士俱欢颜，风雨不动安如山。呜呼！何时眼前突兀见此屋，吾庐独破受冻死亦足！（节录）

唐肃宗上元二年（761），杜甫居于成都草堂，当时他已五十岁。在风声、雨声中写下了这首名作，为天下的寒士大声疾呼。

这首诗首先记叙狂风吹破草堂，接着写顽童捉弄之情形，最后描绘破屋遭雨淋之苦。凄风苦雨，诗人彻夜不眠。由此触景生情，发出感叹：宁愿自己冻死，也要让天下的老百姓免受饥寒，但愿出现千千万万间房屋庇护贫寒百姓。诗人奔放的激情令人怦然心动，他推己及人的道德情操使人肃然起敬。

儒家主张："仁民爱物，民为邦本，本固邦宁。"这种对老百姓的重视，实际上基于对人的存在和价值的发现。杜甫一生以关心国家命运及百姓疾苦作为自己的重要责任，"安得广厦千万间，大庇天下寒士俱欢颜"，其中所体现的悲天悯人、推己及人的高尚情怀是非常可贵的。尽管自己身处逆境，他想到的却不是个人的眼前利益，而是普天下的寒士，这种胸怀天下、舍己为人的人文精神，将永远熏陶后人。

忘 己

达人无不可，忘己爱苍生

唐·王维《赠房卢氏琯》：达人无不可，忘己爱苍生。岂复少十室，弦歌在两楹。浮人日已归，但坐事农耕。桑榆郁相望，邑里多鸡鸣。秋山一何净，苍翠临寒城。视事兼偃卧，对书不簪缨。萧条人吏疏，鸟雀下空庭。鄙夫心所尚，晚节异平生。将从海岳居，守静解天刑。或可累安邑，茅茨君试营。

这首诗是唐代诗人王维给房琯的赠诗。房琯在虢州卢氏县任县令，惠爱人民，得到时人的称羡。王维在诗中赞叹房琯的爱民之心和清静无为的政治措施，以及亦官亦隐的安闲生活，表达了自己对守静达道的隐居生活的向往。篇首两句表达了全诗主旨。"岂复少十室"十二句描写卢氏县美丽的自然风景和房琯无为以治、人民安居乐业的一片清平景象，以及房琯边官边隐的闲适生活。"鄙夫心所尚"六句，则抒发诗人也想效法房琯，结庐乡间的心愿。

"达人无不可，忘己爱苍生"是说：达观的人，顺应自然，可以包容世间的万事万物，能够达到忘我的境界，进而爱护关怀天下百姓。西汉贾谊在《鵩鸟赋》中说："小智自私兮，贱彼贵我；达人大观兮，物无不可。"意即讲求智巧的人，往往自私自利，一切以自我为中心；只有达观的人，才能够抛弃狭小的自我，容纳世间万物。春秋战国时期，老子曾有愤世之言："绝圣弃智，民利百倍。"意思是说抛弃聪明和智巧，人民可以得到百倍的好处。这是针对社会病象提出的治疗之方。当时统治者往往剽窃仁义之名，以谋私利，所以，老子针对时弊，提出让人们抛弃"圣智""仁义""智巧"这些为人利用的美名,而恢复人的自然天性,这样百姓才能够真正获益。老子这种清静无为的政治主张,其实质是要求统治者抑制自我膨胀的私欲,不要为个人利益而扰乱人民的正常生活,应该顺应人民的需要,以"无为"的态度来处理世务。这表达了人们对一个不为私利、真正关心人民利益的廉洁爱民的朝廷的向往之情。老子的这一主张在西汉贾谊、唐代王维等人的身上得到回响。"达人无不可,忘己爱苍生"就体现了毫不利己、专门利人的高尚情操。

公　正

所不卖公器，动为苍生谋

唐·王维《献始兴公》：宁栖野树林，宁饮涧水流。不用食粱肉，崎岖见王侯。鄙哉匹夫节，布褐将白头。任智诚则短，守仁固其优。侧闻大君子，安问党与雠？所不卖公器，动为苍生谋。贱子跪自陈，可为帐下不？感激有公议，曲私非所求。

　　唐代诗人王维开元九年（721）中进士，任大乐丞。同年夏秋之季出贬为济州司仓参军。开元二十二年（734），张九龄任中书令，次年封始兴县伯。张九龄很赏识王维，开元二十三年（735）提拔他任右拾遗。王维很感激，作此诗献给张九龄，以言己志。

　　诗的前八句表明诗人自己的气节和生活态度：宁可归隐山林也不愿同流合污，同时暗喻才志不得舒展之忧。其次，诗人借用他人的口吻，热情赞美张九龄的政治主张：举贤选能，反对结党营私，"所不卖公器，动为苍生谋"。从政不在于名位和爵禄，而在于拯世济民，处处为天下老百姓着想。这既是对张九龄政绩的肯定，也是年轻的王维所抒发的政治理想。最后，诗人请求张九龄从公正的标准来擢用他。同时，照应了前面对张九龄正直无私精神的颂扬和自己讲气节、重操守的思想品格。

　　孔子的学生曾子说过："仁以为己任。"可见"动为苍生谋"的思想境界古已有之。作为一个社会的人，不能只为了自己的生存而活着。每个人都生活在社会里，大家都间接或直接地相互影响、相互促进、相互依存，因此要相互关照。在受儒家思想影响的中国古代社会里，人们尤其是士人都以拯世济物为己任。唐代是中国历史上最强盛、最开明的时代,王维的理想抱负即是时代的最强音。"所不卖公器,动为苍生谋",为拯救天下百姓而奋斗,是人生的至高境界,是一种道德追求。这种慷慨任气、正直无私、为他人着想的精神境界,影响着世世代代的志士仁人,他们无不以自己无私的言行为我们诠释着人生的价值。

有　为

当官避事平生耻，视死如归社稷心

金·元好问《四哀诗》：赤县神州坐陆沈，金汤非粟祸侵寻。当官避事平生耻，视死如归社稷心。文采是人知子重，交朋无我与君深。悲来不待山阳笛，一忆同衾泪满襟。

元好问是金代最为杰出的诗人，他亲身经历了金朝的兴盛与衰落，思想上继承了中国文化中优良的爱国主义传统，大量作品满怀兴亡之感和悲壮苍凉的格调。在北渡前后数年，他的知己零落殆尽，《四哀诗》就是为四位故友冀京父、李长源、王仲泽、李钦叔所写的悼亡组诗。这四位均为金代诗坛名家，但都身亡于战乱之中，遭遇十分不幸。本诗是为李钦叔所作。李钦叔为河中（今山西省永济市）人，金宣宗贞祐三年（1215）廷试第一，"作诗有志于风雅，又刻意乐章"，以诗才文名享誉当时。金哀宗天兴元年（1232），在战乱中被杀于陕西，年仅四十三岁。全诗以沉痛的笔调叙说了这位故友在战乱中惨遭横死的悲剧，赞美李钦叔生前为官正直，关心现实的品节，颂扬他为国事社稷视死如归的精神，继而回忆了与李钦叔笃深的交情，情感真挚，感人肺腑。

"当官避事平生耻，视死如归社稷心"说明了正确的为官之道和做人的高尚准则，主张执政者不能苟且避事，无所作为，应该时时以国家兴亡为重，处处以社稷祸福为念，哪怕粉身碎骨也在所不惜。这种为国为民视死如归的精神无疑具有深刻而高尚的道德启示意义。

情　怀

落红不是无情物，化作春泥更护花

清·龚自珍《己亥杂诗·离京》：浩荡离愁白日斜，吟鞭东指即天涯。落红不是无情物，化作春泥更护花。

龚自珍是近代著名思想家、文学家，我国近代思想启蒙的先驱。早年屡举不中，深谙科举制度扼杀人才的弊端，因而常常写诗作文抨击这种扼杀人才的制度，表达自己要解救天下人才于困厄的愿望和决心。所著《己亥杂诗》有"九州生气恃风雷，万马齐喑究可哀。我劝天公重抖擞，不拘一格降人材"一首，表达对沉闷、黑暗现实政治的失望，对陈腐的压抑人才的封建制度的抨击，当然也包含对真正能匡世救国的有用之材的呼唤。他的散文《病梅馆记》更是借抨击世俗种梅时以曲为美以致"斫直，删密，锄正，以夭梅、病梅为业以求钱"，致使"江、浙之梅皆病"的事实，影射当时扼杀有用之才的人才制度。他自己则购三百盆无病者，"疗之、纵之、顺之"，并欲"广贮江宁、杭州、苏州之病梅，穷予生之光阴以疗梅也"，表达了欲解天下人才于困厄的愿望和决心。这首诗表达的也正是这样一种思想。

这首诗作于清道光十九年己亥（1839）。当时诗人感于时世，不乐为官，故以养亲的名义辞官返乡。这首诗即作于其返乡途中。诗的前两句写自己即将离开京城时的感受：天色已晚，我怀着浓浓的愁绪离开了京城；我驾着马车向东而去，唐刘禹锡有诗云"春明门外即天涯"，意为离开京城即到了江湖之上，与朝廷隔如天涯，此句与之同意。诗的后两句，意思是说，落花不是没有感情的东西，它们飘落之后，便化为肥沃的泥土，哺育、呵护着花，让来春的花更好地开放。这两句诗表达了一种至真的善和无私的爱，这种善和爱尤其是针对年青一代的优秀人才而言的，诗人表示为了让后辈的优秀人才更加顺利地成长，自己情愿化作培护花根的春泥，也即情愿为呵护、培育后辈而献身。

"落红不是无情物，化作春泥更护花。"这两句诗具有深刻的道德内涵，与"春蚕到死丝方尽，蜡炬成灰泪始干"一样，已经成为人们颂扬关爱人才、无私奉献的教育工作者的名言。

德行第五

坚 贞

贞心凌晚桂，劲节掩寒松

唐·骆宾王《浮槎》：昔负千寻质，高临九仞峰。贞心凌晚桂，劲节掩寒松。忽值风飙折，坐为波浪冲。摧残空有恨，拥肿遂无庸。渤海三千里，泥沙几万重。似舟飘不定，如梗泛何从。仙客终难托，良工岂易逢。徒怀万乘器，谁为一先容。

浮槎，原指浮于水上的木筏，在本诗中指随波漂流的巨木。此诗借浮槎的遭遇写怀才不遇之感，可能是骆宾王初仕道王府遇挫后退居齐鲁期间的作品。

诗的前四句追述浮槎昔日的凌云之姿和坚劲之质，比喻自己往昔的抱负和节操；中间八句写浮槎遭风摧折，坠入海中，随波流转，无所归依，比喻自己仕途受挫后无所适从的处境；最后四句感叹浮槎空有瑰美资质而不能为世所用，实即抒写自己空有才华而仕进无路之悲。这首诗体物缘情，浑然一体，是咏物诗中的佳作。

"贞心凌晚桂，劲节掩寒松"是诗中警句，以对比手法突出浮槎贞节之性，表彰了一种坚贞刚毅、不畏艰险的道德品质。坚贞刚强是中华民族的传统美德。桂树经冬犹绿，苍松岁寒不凋，历来是人们心目中立场坚定的志士仁人的象征。这里说浮槎的坚贞之心、刚劲之节更在桂、松之上，可见其材质是何等的优异，而诗人的道德境界之高也自在言外。

骆宾王仕于道王府时，道王曾让他介绍自己的才德。骆宾王上书说，一个人的才德如何要看他是否"临大节而不可夺，处至公而不可干"；那些在长官面前夸耀自己才德的人，不仅是不可信的，而且是汲汲名利、寡廉鲜耻的表现，因此自己不能奉命。骆宾王晚年参加了李敬业兴复李唐的义军，作《为李敬业传檄天下文》，直斥一手遮天的武后为豺狼蛇蝎。这些事迹很能见出骆宾王坚贞不阿的人品和刚强无畏的精神。他能有如此表现不是偶然的，可以说正是对"贞心凌晚桂，劲节掩寒松"两句诗所包含的道德意义的具体实践。

冲 虚

霜松贞雅节,月桂朗冲襟

唐·骆宾王《夏日游德州赠高四》:一诺黄金信,三复白圭心。霜松贞雅节,月桂朗冲襟。灵台万顷浚,学府九流深。谈玄明毁璧,拾紫陋簪金。(节录)

骆宾王是一位胸怀大志的人,但初仕就很不得志,只好重新退居山林,等待时机,这一等就是十年。《夏日游德州赠高四》诗就作于这一时期。诗中简单回顾了仕途挫折的经历,叙写纵情林下的优游自得和自己与高四的深厚友情。节录的数句大意为:高四信守诺言,立身谨慎,操守坚贞,胸襟旷达,学识渊博,不恋禄位。这也是诗人自明心志。

"霜松贞雅节,月桂朗冲襟"生动展现了一种刚劲冲虚的道德境界,尤为警策。"霜松"句取义于孔子的一句名言:"岁寒,然后知松柏之后凋也。"经霜不落,方显出松树的耐寒本性;经受住困境、逆境考验,才能看出一个人真正的道德节操。"月桂"句以明月朗照、万里澄澈为喻,胸襟如此,其冲虚明净可以想见。刚劲、冲虚是儒家十分重视的美德,而冲虚从某种意义上来说,也是刚劲的表现。孔子就说过:"无欲,则刚。"因为能够抵御外界各种诱惑、保持内心冲虚无欲的人,必然具备刚劲的品质。儒家之所以重视刚劲、冲虚的美德,源于他们所怀抱的神圣使命感,即把通过修身最终达到治国、平天下的目标作为人生的最大追求。要实现这一目标,无疑将会遇到无数艰难曲折。一个意志薄弱或满怀私欲、见利思迁的人,自然承担不起这样的重任。

择 善

江南有丹橘，经冬犹绿林。岂伊地气暖，自有岁寒心

唐·张九龄《感遇》：江南有丹橘，经冬犹绿林。岂伊地气暖，自有岁寒心。可以荐嘉客，奈何阻重深。运命惟所遇，循环不可寻。徒言树桃李，此木岂无阴？

开元二十五年（737），张九龄受李林甫等人排挤，自右相贬为荆州长史，这首诗就是他在荆州贬所写下的。

张九龄是开元时期著名的贤相之一，为官正直，敢于谏诤。他的故乡韶州地处中国南方。这一切都使他自然联想到橘树：橘树向来有南国嘉树的美誉，屈原曾作《橘颂》一诗，称赞它是"苏世独立""秉德无私"的君子树。此诗继承屈原借橘言志的比兴传统，抒发了诗人深沉的怀才不遇之感。全诗大意为，橘树之所以经冬犹绿，并非由于江南冬季气候温暖所致，而是出于它耐寒的天性。橘树的果实可以用来招待贵客，但由于生长于偏僻之地，其功用始终无缘为世人所知。人的命运也正是如此难测。可叹人们热心于种植桃李，不知道橘树也可以枝叶成荫，为人遮阳。诗中为人所重的桃李显然是影射李林甫等得志的奸邪小人的。

"江南有丹橘"四句通过对橘树的赞颂展示了一种在逆境中坚持操守、坚贞不变的道德境界。古语说："君子择善而固执。"自古仁人志士都把正直自守、坚定不移看作崇高的美德。张九龄被清初大儒王夫之推许为"抱忠清以终始，夐乎为一代泰山乔岳之风标"，其一生表现正可与其笔下的江南橘树交相辉映。

持　久

试玉要烧三日满，辨材须待七年期

唐·白居易《放言》：赠君一法决狐疑，不用钻龟与祝蓍。试玉要烧三日满，辨材须待七年期。周公恐惧流言日，王莽谦恭下士时。向使当初身便死，一生真伪复谁知。

元和十年（815），主张对藩镇用兵的宰相武元衡遇刺身亡。时任太子左赞善大夫的白居易激于义愤，首先上书请求朝廷急速捕贼，以雪国耻。当政者对白居易直言无忌的作风素来不满，于是深文罗织，以越职言事、居丧不孝等罪名，将白居易贬为江州司马。这首诗就作于白居易自长安赴江州的途中。

诗篇一开头就宣称自己有一个决断"狐疑"的方法，可以用来代替龟卜与蓍占。接着用两个例子从正面来阐述这一方法：检验玉的真假，要把它放在火中烧三天，不发热的是真玉；辨识木材的美恶，须耐心等待七年，豫章美木生长七年后才显示出与一般树木的不同。再用两个例子从反面来说明：周公在成王初立时，有流言说他有篡位的野心，王莽早年却颇有谦恭下士的美名，假如他们在当时便突然死去，那么周公之忠、王莽之奸又有谁能够分辨出来呢？总之，不论辨物，还是辨人，最好的办法就是让时间去证明。

"试玉要烧三日满，辨材须待七年期。"这两句诗生动明快，有似格言，道出了一种鉴别事物真伪的方法，但白居易写这两句诗显然不只是出于玄谈这种普通生活哲理的兴趣，而是含有更深一层的道德意义。真玉之所以火烧三日不热，豫章美木之所以七年以后显示出与众不同，它们之所以敢于接受时间的检验，就在于它们不仅具有美好的资质，而且能始终保持之而不变。白居易其实是以这两句诗向世人宣告，他被贬江州是由于受人诬陷，他决心让时间来证明自己的高尚。这表现了白居易对自身人格的强烈自信，更表现了坚守这种人格，"贫贱不能移，富贵不能淫，威武不能屈"的"大丈夫"气概。

　　人生在世，是需要这种坚定不移的意志品质的。从某种意义上说，坚定不移是一切美好品德的基础。意志软弱、动摇反复，无论曾经有过怎样的美德，随着时间的推移，都将发生变异而不复存在。许多人都喜欢说，让时间为自己做证，但只有真正意志坚定的人，才能最终通过时间的检验。

刚　直

至宝有本性，精刚无与僻。可使寸寸折，不能绕指柔

唐·白居易《李都尉古剑》：古剑寒黯黯，铸来几千秋。白光纳日月，紫气排斗牛。有客借一观，爱之不敢求。湛然玉匣中，秋水澄不流。至宝有本性，精刚无与俦。可使寸寸折，不能绕指柔。愿快直士心，将断佞臣头。不愿报小怨，夜半刺私仇。劝君慎所用，无作神兵羞。

这是一首讽喻诗，内容是吟咏一柄古剑，从思想倾向看，当作于元和初白居易任左拾遗时。诗的前十二句盛赞古剑的质性之美：这把剑寒光黯黯，铸成已有几千年历史。它融纳日月精华，在夜间能发出紫气，直射星空。看到它的人，都会爱不释手。它置身于玉制的剑匣之中，湛然如一泓澄静的秋水。这是天地之间的至宝，坚刚无比，你或许能把它一寸寸地折断，但绝不能使它弯曲。后六句代古剑言志：我愿为正直之士快意而斩杀奸佞，不愿为私人恩怨而夜半行刺。希望人们慎重地用我，使我无愧于神圣兵器之称。这首诗显然寄托了诗人刚健立身、直道行事的人格追求。

"至宝有本性"四句借咏物歌颂了一种刚直不阿的精神。这种精神向来为华夏儿女所珍视，是传统美德的重要部分，在我国可谓源远流长。司马迁作《史记》，"列传"部分以伯夷、叔齐为首，热情赞颂他们宁肯饿死，"义不食周粟"的风节；春秋时齐国太史为了记录权臣崔杼弑君的真相，兄弟三人连续被杀，但他们的弟弟继任太史，仍旧秉笔直书，也是流传千古的佳话；东汉末，管宁因不满政治黑暗而终身不仕；"安史之乱"中，张巡、许远镇守睢阳，

以数千士卒抗拒数十万叛军,粮饷断绝,援兵不至,然而誓死不降,最后城陷被俘,英勇就义。像这样可歌可泣的事迹,历史上数不胜数。他们或为贵族,或为隐者,或为文士,或为武臣,身份虽异,但宁折不弯的气节则同。

白居易任左拾遗时的表现,显然是对这种传统美德的自觉继承。且不说他在朝中直言敢谏的作风,即以其对待讽喻诗创作的态度来看,也使人深刻感受到这一点。创作讽喻诗,在白居易是作为一项政治任务看待的,目的在于揭露时弊,使天子明察下情,故下笔无讳,得罪了大批的权贵,使自己在朝中的处境岌岌可危。但白居易并没有去考虑个人的安危,停止写作,而是"不惧权豪怒,亦任亲朋讥",以致"人竟无奈何,呼作狂男儿"。这不正是"至宝有本性,精刚无与俦。可使寸寸折,不能绕指柔"的"古剑"精神的最传神的体现吗?

专 一

此心非橘柚，不为两乡移

五代·徐铉《过江》：别路知何极，离肠有所思。登舻望城远，摇橹过江迟。断岸烟中失，长天水际垂。此心非橘柚，不为两乡移。

南唐保大七年（949），徐铉为权臣汤悦、宋齐丘诬陷，由主客员外郎贬为泰州司户掾。在自京城金陵奔赴泰州途中，他写下了多首述说迁谪情怀的诗，《过江》为其中之一。

金陵在长江南岸，泰州在江北，上了北渡的船，贬谪生涯便从此开始，于是一股浓重的离都之愁油然而起。此诗即以直抒这种离愁作为开头。中间四句写渡江情景：回头凝望，京城随着船的缓缓北移而渐渐远去；终于，岸上的一切都消失于轻烟之中，唯有浩浩江水，与天相接，这里透露出对朝廷的深深眷念和遭贬后的失落感、凄凉感。但诗人接下来却没有继续吟唱这种悲凉伤感之音，而是发出了"此心非橘柚，不为两乡移"的高亢之音以收结全篇，使人精神为之一振。

这两句诗由"橘生淮南则为橘，生于淮北则为枳"这一古老说法翻出。橘是常绿乔木，果实味道甘甜；枳是落叶灌木，果实味道酸涩。橘生淮北变成枳，本性尽失，是缺乏固定的道德观念和行为准则的象征。徐铉自京城贬到泰州，与橘之由淮南移至淮北，命运何其相似，但态度则截然相反："此心非橘柚，不为两乡移"，决不因环境的改变而丧失本来的处世原则。这正是孔子所谓"君子修道立德，不为穷困而改节"的诗意表达。

处逆境而能持操守，历来为广大知识分子所重视。不堪困穷而变节的人，从来都受到舆论的鄙弃；但说起来容易，真要想做到则不简单，非有过人的毅力不可。所以历来凡是确实做到了这一点的人，也总是受到人们的敬仰。徐铉为官正直，淡泊名利，颇有忧国忧民之心，一生虽无赫赫之功，但数番遭贬，却始终能保持其高尚的品节不变，在南唐士大夫中表现很突出。"此心非橘柚，不为两乡移"是他初次被贬时的誓言，他是实现了这一誓言的，其道德人品在当时被视为士人表率，有其必然。

不 屈

生当作人杰,死亦为鬼雄

宋·李清照《绝句》:生当作人杰,死亦为鬼雄。至今思项羽,不肯过江东。

宋钦宗靖康元年(1126),金兵南侵,闰十一月,汴京失守。次年春,金兵北撤时携去徽宗、钦宗,北宋灭亡。五月,徽宗第九子康王赵构即位南京(今河南省商丘市),是为南宋高宗。这时,朝廷中战、和两派斗争异常激烈,但不久,高宗听从主和派黄潜善等人的主张,罢免了主战派领袖李纲的宰相之职,由此走上了节节南逃的苟且偷生之路,最后自扬州渡江,偏安江左。李清照这首诗即是有感于此而作。

据《史记·项羽本纪》记载,楚霸王项羽兵败,退至乌江时,本可乘乌江亭长的船逃往江东,但他认为八千江东子弟随他征战天下,无一人生还,他已无颜再见江东父老,竟不肯过江,自刎而死。李清照在这首诗中对项羽的这一壮烈举动做了热情洋溢的赞扬,称项羽是"人杰",是"鬼雄"。在项羽宁可一死也不肯屈辱求生的气节反衬之下,南宋统治者怯懦的逃跑行径显得何等的委琐和可耻,诗歌于咏史之中寓有明显的讽时意味。

"生当作人杰,死亦为鬼雄"歌颂的是一种刚烈的人生,是一种"宁为玉碎,不为瓦全"的崇高气节。中国古代士大夫讲为人处世之道,或以宁死不辱为美德,或以"大丈夫能忍胯下之辱"为可贵,故同样是解读项羽之死,唐代杜牧的《乌江亭》诗就做出了与李清照完全相反的判断,认为项羽应该过江,"包羞忍耻",以期

"卷土重来"。但是,这两种为人处世原则的道德价值是不一样的。当外敌入侵、烽烟四起、民族危亡、生灵涂炭的紧急关头,"包羞忍耻"往往成为苟且偷安者的遮羞布,这时,发扬宁死不辱的刚烈精神就尤为重要了。正因为如此,李清照的这两句诗成为千古传诵的名句,而杜牧的诗就不免被视为强作翻案之语。"生当作人杰,死亦为鬼雄。"这两句诗具有振奋人心的力量,已成为激励人们崇尚刚烈、追求崇高的人生格言。

傲　骨

零落成泥碾作尘，只有香如故

宋·陆游《卜算子·咏梅》：驿外断桥边，寂寞开无主。已是黄昏独自愁，更著风和雨。　无意苦争春，一任群芳妒。零落成泥碾作尘，只有香如故。

陆游早年因"语触秦桧"而导致科场失意；入蜀时"人讥其颓放"，被免除了四川制置使司参议官之职，便自号"放翁"；中年又因力主抗战而屡遭打击，自隆兴通判任罢归山阴（今浙江省绍兴市）故里；到临终前一年，还因支持北伐，被劾落宝谟阁待制。但他身处逆境，并不畏惧，仍然保持着执着的爱国立场和高洁的政治情操。本词就是陆游晚年所作的一首咏梅寄怀之作。

这首词描绘了梅花的孤寂处境和不幸遭遇，赞美了它孤高、坚贞的精神品格，蕴含着深刻的人格寓意。梅花沦落在驿站之外，断桥的旁边，孤独地忍受着黄昏风雨的摧残，顽强地保持着冰肌玉骨、斗霜傲雪的气节。它不怕"群芳"的妒毁，也不屑于与妖娆浓丽的"群芳"争芳斗艳，即使自身的花瓣凋落飘零，被碾压成泥土，也依旧留下了芳郁弥久的气息。梅花这种的境遇和品性，正是诗人精神人格的生动象征。陆游借写梅花隐寓了自己的艰危处境和坚贞的政治节操，虽然一再遭到不平等的待遇及无端的诬陷，但也不愿趋炎附势、谄媚取宠，轻易改变自己贞洁自守、挺拔独立的性格。这充分表明了一位爱国者身处逆境仍光明磊落的心迹。

无 畏

楚虽三户能亡秦,岂有堂堂中国空无人

宋·陆游《金错刀行》:黄金错刀白玉装,夜穿窗扉出光芒。丈夫五十功未立,提刀独立顾八荒。京华结交尽奇士,意气相期共生死。千年史册耻无名,一片丹心报天子。尔来从军天汉滨,南山晓雪玉嶙峋。呜呼!楚虽三户能亡秦,岂有堂堂中国空无人。

宋孝宗乾道八年(1172),陆游由夔州通判任上调为四川宣抚使王炎的干办公事兼检法官,奉命驻军南郑(今陕西省汉中市)。这里临近宋金对峙的前线,陆游报国心切,经常身着戎装,观察地形,侦探敌情,检阅部队,打猎练兵,参加军中的宴会歌舞。他还曾到过敌占区,和敌人发生过遭遇战。这种火热的军旅生活,鼓舞了他的战斗意志,激发了他的豪迈诗情。他多次向王炎陈述进军中原的方略,王炎是一名有志恢复的将领,但当时朝中主要决策人主张议和,王炎终未能采纳他的建议。不到一年王炎被召回临安,陆游也离开了南郑,到成都、蜀州、嘉州等地辗转任职,始终无法实现北伐的志愿。这首诗便是乾道九年十月陆游四十九岁时作于嘉州的。

全诗借用黄金白玉所饰的龙泉宝剑气冲斗牛的典故(《晋书·张华传》),塑造了一个提刀彷徨、壮志难酬的爱国志士形象,抒写自己怀才不遇、失地难收的悲愤。陆游回忆起自己当年在临安与同志共勉,志图恢复的壮烈情怀;也回忆起冬天在南郑抗金前线度过的戎马生活,充满了以身许国、青史留名的强烈人生渴望。当时陆游正在川陕一带从事抗金准备工作，可是南宋统治者不思进取，只图苟且偷安，忍辱求和。在这样的情况下，他的报国志向是难以实现的。但陆游并不灰心沮丧，他认为战国时楚国虽然被秦国灭亡，但楚人仍然发出了"楚虽三户，亡秦必楚"的预言（《史记·项羽本纪》楚南公语），就是说楚国即使只剩下三户，也最终能够消灭强秦。楚国只剩下区区三户，最后尚能打败秦国，难道堂堂中国就无人奋起抗金吗？即使宋人的实力现在很弱小，但只要励精图治，坚持斗争，重用爱国志士，就一定可以彻底打败金兵，收复失土。

陆游在这两句诗中借用历史故事，表明了自己赤诚报国的愿望和决心。在时局不利的情况下，他仍然坚信抗金大业必胜，体现出了英雄气概和乐观进取的信念。"楚虽三户能亡秦，岂有堂堂中国空无人。"对于灾难深重的中华民族来说，这种不畏强暴、坚持民族气节的精神具有尤其强烈的鼓舞作用。

傲 岸

青山是处可埋骨,白发向人羞折腰

宋·陆游《醉中出西门偶书》:古寺闲房闭寂寥,几年耽酒负公朝。青山是处可埋骨,白发向人羞折腰。末路自悲终老蜀,少年常愿从征辽。醉来挟箭西郊去,极目寒芜雉兔骄。

这首诗是陆游于宋孝宗淳熙四年(1177)十一月在成都所作。当时著名的诗人范成大出任四川制置使,陆游也被任命为四川制置使司参议官。由于北进中原的主张难以实现,陆游心中愁愤,常与范成大作诗唱和。范成大对陆游十分赏识优待,但有人却指斥陆游"不拘礼法,恃酒颓放",经常在背后议论讥笑他,故陆游不到一年就被免去官职。本诗就是通过诗歌来表明自己壮志难酬、被迫赋闲的复杂心情。全诗写自己被投闲置散,终老四川,报国无望,理想成空,只能乘着酒兴而打猎西郊,以慰藉平生壮志。但这种借酒浇愁的愤怨和期望报国的豪情却常常不被别人理解。面对种种的误解和诋毁,陆游学习晋代诗人陶渊明不为五斗米折腰的精神、决不向"乡里小儿"辈曲意逢迎,也绝不与世俗的平庸之辈妥协。

"青山是处可埋骨,白发向人羞折腰"鲜明地展示了陆游狂放耿直、鄙弃庸俗的精神,充满了一股傲岸不羁的气节。是啊,只要具备了这种人格精神,就能做到四海为家,到处的青山都可以成为归宿之地。只要具备了这种高风亮节,即使身处窘境,也完全可以抵拒来自世俗的压力。所以这两句诗虽然只是抒写个人内心情愫的咏怀之句,但是对后人具有深刻的启示。

不　悔

我最怜君中宵舞，道"男儿到死心如铁"

宋·辛弃疾《贺新郎》：老大那堪说，似而今、元龙臭味，孟公瓜葛。我病君来高歌饮，惊散楼头飞雪。笑富贵、千钧如发。硬语盘空谁来听？记当时、只有西窗月。重进酒，换鸣瑟。　事无两样人心别，问渠侬、神州毕竟，几番离合？汗血盐车无人顾，千里空收骏骨。正目断、关河路绝，我最怜君中宵舞，道"男儿到死心如铁"。看试手，补天裂。

这是爱国词人辛弃疾写给朋友陈亮（字同父）的一首词作。宋孝宗淳熙十五年（1188）冬天，辛弃疾落职闲居在上饶期间，陈亮特地前来拜访，在上饶逗留了十天。两人"憩鹅湖之清阴，酌瓢泉而共饮，长歌相答，极论世事"（《答陈同甫文》），十分投缘。后来陈亮辞别东归，双方便以词章相酬，本词大约作于次年的春天。

辛弃疾和陈亮都是南宋时期的爱国人物，两人曾共论收复大计，并作词互相勉励。但在腐朽的南宋王朝的压抑下，他们的抱负不能实现。这首词便抒写了英雄坐老、壮志不酬的悲愤，抒发了对南宋统治集团的批判及自己和陈亮的雄心壮志。辛弃疾引用三国时许汜造访陈登（字元龙，事见《三国志·陈登传》）及汉代陈遵（字孟公）热情好客（事见《汉书·游侠传》）的典故，自喻与好友陈亮志趣相投。当时金人对北国的蹂躏和对南方的威胁依然存在，南宋王朝却苟且偷安，在剩水残山中醉生梦死，大批爱国志士受到压制；就像让千里马去拉盐车，却重金收购骏马的尸骨一样荒唐。词的最后用东晋抗战名将祖逖闻鸡起舞的故事和女娲炼石补天的神话，对陈亮奋发有为、坚持抗金的激情表示敬佩，希望待到北伐之日，与陈亮一起大显身手，统一祖国。此词在抒情的同时也有力塑造了一位受严酷压抑而仍然积极奋发、意志坚强，对自己的力量和爱国理想充满信心的英雄形象，洋溢着激奋昂扬的爱国豪情，读之令人振奋！

"我最怜君中宵舞，道'男儿到死心如铁'。看试手，补天裂。"这两句词借用了祖逖的故事和女娲的神话：祖逖与刘琨同为河南信阳县主簿，共被同寝，每闻中夜鸡鸣，即唤醒刘琨，起而舞剑（《晋书·祖逖传》）；女娲为传说中的女神，当时共工因战败而怒，撞倒了天柱不周山，使天倾西北，地陷东南，女娲便炼五彩石补天，使天地复原。辛弃疾以这两个典故鼓励仁人志士及时奋发，用自己的力量为完成统一事业努力奋斗，可谓抱负宏大。这种以天下兴亡为己任的忧患意识，在今天仍具有积极的激励作用。

凛 然

时穷节乃见,一一垂丹青

宋·文天祥《正气歌》:天地有正气,杂然赋流形。下则为河岳,上则为日星。于人曰浩然,沛乎塞苍冥。皇路当清夷,含和吐明庭。时穷节乃见,一一垂丹青。(节录)

这首传诵千古的爱国诗篇是文天祥于元世祖至元十八年(1281)六月在狱中所作。文天祥是千古流芳的民族英雄,他于宋帝祥兴元年(1278)兵败被俘,次年押离广州,十月被解送至燕京,困于兵马司土牢。他身陷囹圄,备尝艰苦,在极端恶劣的环境下,始终保持可贵的民族气节。元朝统治者一再威逼利诱,元世祖还亲自出面劝降,但文天祥大义凛然,始终不肯屈服。元世祖至元十九年(1282)十二月,文天祥在燕京柴市壮烈殉国。

全诗表现了他临危不惧,从容赴难,为正义而献身的精神。人至穷途,能对自己的信念坚持不渝,死而无悔,必定有一种崇高的道德力量在支持着。文天祥认为这种力量就是正气,天地有正气,人也应该有一种浩然正义之气。当国运艰危时,有正气者就充分显示出誓死不屈的气节,精忠报国,留名史册,虽死犹生。为此他列举了古代十二位"时穷节见"的忠义之士的壮烈事迹,如齐国秉笔直书的太史官,晋书法不隐的董狐,汉持节牧羊的苏武,三国宁死不屈的严颜、死而后已的诸葛亮等等,并热情地歌颂了这些先烈们为了正义事业而斗争的气节。正因为有了这种正气,文天祥才能不为利益所惑,不为威武所屈,在危难之际无所畏惧,表现出为国捐躯的凛然正气。

"时穷节乃现,一一垂丹青。"这两句说明每逢危急的关头,最容易显露出一个人的气节,面对危急的困境,人们应该秉持一股浩然的正气,要像疾风中的劲草,岁寒时的松柏,能够经受住任何的磨难。这样的人必将名垂青史,他们的操守和气节将永远激励后人。

坚 强

千锤万击出深山，烈火焚烧若等闲

明·于谦《石灰吟》：千锤万击出深山，烈火焚烧若等闲。粉身碎骨全不怕，要留清白在人间。

这首诗歌是于谦在明成祖永乐十二年（1414）所作。于谦（1398—1457）是钱塘（今浙江省杭州市）人，永乐进士，官至兵部尚书。他是著名的民族英雄，具有经邦纬国的才能，蒙古部落瓦剌入侵，明英宗被俘，他拥立明景帝，反对妥协南迁，并亲自督战，率兵击败了瓦剌军队，使当时的局势转危为安。明英宗复位后：他以"谋逆"之罪被诬杀，万历年间始得以昭雪。

此诗咏叹石灰的品德，以赞美的笔调写石灰来自深山野林，经历了千锤万击、烈火焚烧，但仍平静坦然接受考验，以躯体的毁灭保全自己清白的本性。这实际上是借石灰自喻，倾诉自己为国忠诚清白，坚强不屈，"宁为玉碎，不为瓦全"的意愿；表明自己虽饱经苦难但仍具备廉洁忠贞的操守。他要像石灰那样不怕千锤万凿，不怕烈火焚烧，不怕粉身碎骨，只要留得清白在人间，充满了凛然正气和慷慨豪情。联系诗人一生为官清正，关心民命，在国家民族危亡之时，敢于挺身而出，独撑危局，最后蒙诬被杀而不悔的事迹，此诗的确是他精神气节的真实写照。这种不怕艰难、为国牺牲的坚贞节操，在道义上给我们以深刻的启发。

这首诗的道德启迪意义是：一个人要想具有高尚的品格和远大的理想，就应该经过千锤百炼，蔑视一切艰难困苦，敢于面对任何磨炼与考验，像石灰那样，即使粉身碎骨也毫不畏惧，将自己清白的人格、高尚的精神永远留在人间。

执　着

我愿平东海，身沉心不改。大海无平期，我心无绝时

　　清·顾炎武《精卫》：万事有不平，尔何空自苦？长将一寸身，衔木到终古。我愿平东海，身沉心不改。大海无平期，我心无绝时。呜呼！君不见西山衔木众鸟多，鹊来燕去自成窠！

　　此诗作于清世祖顺治四年（1647），顾炎武时年三十五岁。顾炎武（1613—1682）是江苏昆山人，早年加入复社，清兵南下后，曾参加昆山、嘉定一带的抗清起义。兵败后又遍游华北各省，考察边塞山川形势，访求各地风俗民情，并垦荒于雁门之北，积蓄力量，准备完成兴复大计。

　　顾炎武作这首诗时，明亡已经十年了，当时明代大部分的领土已沦入清人手中，全国各地的抗清斗争也相继失败，清廷实际上已确立了稳固的政权。在这种危急形势下，有人丧失了斗志，渐渐消沉；有人则放弃了民族立场，变节事清。顾炎武却以一介书生，坚持民族气节，决意要完成恢复大业。全诗以精卫填海的神话故事表达了驱除外寇、反清复明的坚定决心。中国古代神话传说炎帝的女儿女娃溺死于东海，魂魄化为神鸟，名叫精卫，常衔西山木石以填东海，永无停息。顾炎武在诗中高度赞扬了精卫鸟永不放弃的精神，对那些贪图私利、筑巢自保的燕鹊（降清的士大夫）则表示了无比的轻蔑。他表明要像精卫填海那样，只要自己一息尚存，就会矢志不渝地坚持抗清斗争，即使是死了，恢复故国的决心也不改变。这种非凡的人生抱负和爱国激情足以令懦者奋起。

安 贫

死犹未肯输心去，贫亦岂能奈我何

清·黄宗羲《山居杂咏》：锋镝牢囚取次过，依然不废我弦歌。死犹未肯输心去，贫亦岂能奈我何。廿两棉花装破被，三根松木煮空锅。一冬也是堂堂地，岂信人间胜著多。

黄宗羲（1610—1695），字太冲，号南雷、梨洲，浙江余姚人。他是明末清初著名的启蒙思想家，早年曾参加东林党人反对明代阉党的斗争，并成为复社主要领导人之一。明王朝灭亡后，他四处奔走，积极呼吁抗清。他的诗常常流露出浓厚的故国之思。《山居杂咏》共有六首，作于顺治十六年（1659），此为第一首。黄宗羲创作此诗时已近知天命之年，他坚持不与清廷合作，蛰居山野，倾力著述，淡泊自甘，贫以自励，始终固守着民族气节。本诗回忆了自己当年与阉党坚决斗争以及奋勇抗击清兵的艰险历程，洋溢着乐观豪迈之气。清王朝建立后，他虽然生活窘迫，生计艰难，却不愿出卖灵魂，屈膝事敌。既然在生死关头，尚不肯为苟免一死而改变初衷，出卖灵魂，面对眼前穷困落魄的处境，又岂能轻易变节？人生的大限莫过于死亡，死犹不惧，贫穷当然也不在话下，此语如黄钟大吕，高亢铿锵，掷地有声。一个威武不能屈，富贵不能淫，贫贱不能移的大丈夫形象屹然而立，读来不由令人肃然起敬。

这两句名诗着重强调了人为了追求高尚的理想，应该具有一种战胜贫穷和安贫乐道的心态，面对死亡，能够做到视死如归；身处穷困，也要泰然处之，时刻保持坚忍不拔的奋斗精神。这是古今成就大事业者都应该具备的人格精神。

独 立

咬定青山不放松,立根原在破岩中

清·郑燮《竹石》:咬定青山不放松,立根原在破岩中。千磨万击还坚劲,任尔东西南北风。

这是清代中叶诗人兼大画家郑板桥所作的一首题画诗。郑燮是一个十分关注现实和社会的正直知识分子,乾隆二十五年(1760),郑板桥六十八岁时仍在《自序》中说:"叹老嗟卑,是一身一家之事;忧国忧民,是天地万物之事。"可见他在罢官后仍在忧国忧民。这首题竹石画的诗隐喻着深刻的人生哲理及道德内涵。

全诗借孤直挺拔的竹子表示诗人独立的人格和坚韧不拔的顽强意志:几竿瘦竹,紧紧依傍着青山,扎根在山崖的石缝中。虽经雨打雷击、霜侵雪压,受尽了千辛万苦,依旧是坚忍不拔、挺拔苍劲,任凭你四面八方的狂风吹击,也没有丝毫的畏惧。表面上是赞美岩竹的坚劲、顽强,深层意蕴却是颂扬人的刚劲的风骨,从中可以窥见诗人的人品。

本诗从平凡的自然景象中悟出了富有启发意义的人生经验,在人生的历程中,总会有千磨万击、风风雨雨,但只要发扬竹子那种咬定青山、不屈不挠的坚定意志,保持不为外物所动的处世态度,就可以充满自信、镇定自若地战胜任何艰难困苦。

爱 憎

横眉冷对千夫指，俯首甘为孺子牛

现代·鲁迅《自嘲》：运交华盖欲何求，未敢翻身已碰头。破帽遮颜过闹市，漏船载酒泛中流。横眉冷对千夫指，俯首甘为孺子牛。躲进小楼成一统，管他冬夏与春秋。

鲁迅是现代伟大的文学家、思想家，也是一个敢于同邪恶做斗争的民主斗士。他一生正气凛然、刚正不阿，对邪恶势力从不妥协，但对广大人民却抱有极大同情。他一生所最关注者是国家的命运和民族的希望。这首题为《自嘲》的诗，既写了自己饱受迫害的窘迫境地，更表达了自己刚正不阿、疾恶如仇的立场，和躲进小楼以自己独特的方式进行战斗的对策。

此诗作于1932年。诗的前四句写自己饱受迫害的窘境。第一句，华盖运，指一种难以逃脱的恶运，意为处在恶运天罗地网的包围之中，无处可逃。这是所有命运中最糟糕的一种，鲁迅用谐谑的口吻自称自己正交此运。以下三句是对自己具体处境的形象描述：天罗地网已压得我无法抬头，满天的流言蜚语让我无法洗清污名，只能携破帽遮颜过市，而我的处境则仿佛是坐着一艘破船渡江，行至中流而船漏欲覆。不过处境固危矣，船固将覆矣，我且尽杯中之酒，管他结果如何呢！这四句既写了自己的处境，也表现了自己大难临头而无悔无畏的精神气概，表现了对于压迫者的蔑视。诗的第五、六两句含义尤为深曲。俗谚云："千夫所指，无疾而死。"意谓干犯众怒之人是不得好死的，鲁迅反用此谚之意，说自己的行为触犯了许多人，但是自己横眉冷对他们的指责，坚决不与他们妥协。"孺子牛"原指春秋时齐景公之幼子，传说齐景公喜爱幼子，甘愿装扮成牛来逗其玩乐，因幼子跌跤而折断了自己的牙齿。此处意指甘心为身处社会下层的劳苦大众服务，即使"为孺子牛而折其齿"也在所不惜。最后两句陈述自己的对策：现实环境固极其险恶，我且躲进小楼，憋足劲埋头做自己要做的事，管他外边的人要对我怎么样呢？

"横眉冷对千夫指，俯首甘为孺子牛。"这句名言表达出了对邪恶势力横眉冷对毫不妥协，对良善的弱者则百般呵护直至鞠躬尽瘁的崇高精神，蕴含着善善恶恶、爱憎分明的道德取向。鲁迅这种崇高的精神境界，是值得我们认真学习的。

为官第六

法 治

淑人君子，其仪一兮

《诗经·曹风·鸤鸠》：鸤鸠在桑，其子七兮。淑人君子，其仪一兮。其仪一兮，心如结兮。 鸤鸠在桑，其子在梅。淑人君子，其带伊丝。其带伊丝，其弁伊骐。 鸤鸠在桑，其子在棘。淑人君子，其仪不忒。其仪不忒，正是四国。 鸤鸠在桑，其子在榛。淑人君子，正是国人。正是国人，胡不万年？

鸤鸠就是布谷鸟，传说它哺育幼鸟的时候，总是做到平均如一。本诗以鸤鸠起兴，其比喻之意，西汉的《毛传》认为是讽刺在位无君子，执政者三心二意，予夺无常；东汉的郑玄则进一步认为是表示有德的君主对待国人，也应当像鸤鸠对待幼雏那样一视同仁。这是一首明褒暗贬的政治讽刺诗，从修辞上说，是用鸤鸠反衬"淑人君子"，也就是权贵们的失德背义。

"其仪一兮"的"仪"，意为法度、标准、原则。而"一"的具体所指，则可以是用心专一，也可以是处置均一，总之都是为人处事应当遵循的原则。从为人的角度说，"一"意味着专心、忠诚、公平和持之以恒。在人治社会里，执政者个人的这种精神对社会的安定发展尤为重要，《鸤鸠》正是因此取象起兴，提出了忠告。从为政的角度说，就是要赏罚分明，尺度一致。战国时期，提倡法治的法家人物对此颇表重视，《商君书·赏刑》就说："圣人之为国也，壹赏，壹刑，壹教。"此"壹"，在当时，为的是树立君权的尊严和独裁，是巩固集权政治的手段；假如用现代的眼光来看，不妨认为其中包含着朴素而冷峻的平等观念：在权利和责任面前，人无差等，有功必赏，有罪必罚，有教无类。《韩非子·五蠹》则说："赏莫如厚而信，使民利之；罚莫如重而必，使民畏之；法莫如一而固，使民知之。"明确说明了赏罚的原则和作用，又特别强调了法律的一致性和稳定性，以便老百姓知道什么是能做的，什么是不能做的。

敬 业

靖共尔位，好是正直

《诗经·小雅·小明》：嗟尔君子，无恒安处。靖共尔位，正直是与。神之听之，式榖以女。 嗟尔君子，无恒安息。靖共尔位，好是正直。神之听之，介尔景福。（节录）

这是《诗经·小雅·小明》一诗的最后两章。诗作者是周王朝的一位官吏。他被派往远方办事，常年不归，历经辛苦之后，写下此诗。前三章主要是抒写他"其毒大苦"的艰辛生活，以及思念家人却又害怕当权者怪罪的情绪。后两章内容基本相同，是劝告当权者，不要安居无事、无所作为，要敬奉职守、为人正直，认为只有这样才会得到神的赐福。

"靖共尔位，好是正直"的道德含义主要有两层：一是强调敬业精神。诗人认为，既然占据了某个职位，就应该敬奉职守，不能庸庸碌碌。诗人的这种敬业精神，虽然表达得很朴实很直露，但有一种虔诚的神圣感，将之视为人类最基本的道德要求。可见，中华民族的先民对此很早就有了深刻的认识。此外，《尚书·皋陶谟》中也有"兢兢业业，一日二日万几"这样勤于政事、日理万机的记载。敬业精神事关到个人、集体甚至国家的利益。相传周公忙于接待天下贤才，一沐三握发，一饭三吐哺，恪尽职守，成为敬业的典范。曹操说"周公吐哺，天下归心"（《短歌行》），说明敬业精神是多么重要！二是强调要有正直的品格。虽说诗中以"神之听之，式榖以女"和"神之听之，介尔景福"这样的句子表明正直的品行能够得到神佑这种观念，似乎是为求福而提倡正直，但是撇开那种特定的时代背景，我们不妨认为这是对作为道德范畴的正直之推崇。因为在古人看来，神本身就是具有正直的品格的，所以神之降福给正直者其实是出于道德的认同。

勤　政

肃肃宵征，夙夜在公

《诗经·召南·小星》：嘒彼小星，三五在东。肃肃宵征，夙夜在公。寔命不同。　嘒彼小星，维参与昴。肃肃宵征，抱衾与裯。寔命不犹。

这是描写周代一个下层小官吏为了公家的事情而忙碌奔波的一首诗歌。周代是中国礼乐文明正式形成并趋于发达的社会，在和平年代，当社会稳定发展时，人们的情绪是安定的。这个下层小官吏尽管急急忙忙地半夜赶路，非常辛苦，心中也抱怨自己的命不好（"寔命不同""寔命不犹"），但是为了公家的事务（也就是国家的事情），还是不辞辛劳、兢兢业业。你看他：当天上的星星还闪着微光的时候，他就起身上路了，有时候还得自己扛着被子和帐子（"抱衾与裯"）。但是事情总得有人去做，一个国家、一个社会需要稳定和发展，并不是少数几个英雄就可以支撑的，更需要大多数人包括众多平凡的人一起来努力。而且，每个人只要把自己的本职工作做好，其实也就是对社会的贡献。

这首诗的道德含义就在于：其一，工作有时候是辛苦的，同时也是美好的。每个人的职业和社会分工可能不同，命运也不相同，为了社会或"公家"的事务而忙碌奔走，却是最重要的前提。其二，人生未必事事如意，但无论如何都要去努力；人生总有暂时的失意，但如果因此而怨天尤人，甚至自暴自弃的话，终究将一事无成。因此，即使知道明天的事情也未必就一定如意，还是一如既往地工作。这首诗中的主人公似乎对自己的命运有些不平之鸣，可却能够清醒地认识到"夙夜为公"的基本准则，实则也是许多平凡大众对待生活的一个缩影。

明　察

岂弟君子，无信谗言

《诗经·小雅·青蝇》：营营青蝇，止于樊。岂弟君子，无信谗言。　营营青蝇，止于棘。谗人罔极，交乱四国。　营营青蝇，止于榛。谗人罔极，构我二人。

诗作者深受谗言之害，写下此诗，痛斥小人。诗的本事已不可考。诗人将散布谗言的小人比喻为青蝇，它们飞来飞去，嗡嗡作响，肮脏可恶。郑玄注曰："蝇之为虫，污白使黑，污黑使白，喻佞人变乱善恶也。"诗歌重叠三章，说青蝇停留在篱笆上、棘树上和榛树上，意思是说这种谗言无处不在。诗人告诫那些善良的君子，千万不要听信谗言，因为谗言危害极大，能够害人乱国。

"岂弟君子，无信谗言"是诗人深有感触的劝告，提醒人们要时刻警惕小人们的暗箭。其道德含义主要在于否定谗佞之言，因为否定谗言，也即意味着对正直坦白的善行的肯定。

历史上总是有些小人别有用心，歪曲事实，颠倒黑白，两面三刀，诬陷正人君子。当权者如果稍不小心，就被其蒙蔽，就会冤枉好人。如武则天重用酷吏来俊臣、周兴等人，他们的惯用伎俩就是捕风捉影，罗织罪名，陷害无辜。在武则天半睁半闭的眼皮底下，谗毁之言横行一时，来俊臣等人还将各种谗诬他人的勾当汇编成所谓的《罗织经》，许多人深受其害。陈子昂深为感慨说："青蝇一相点，白璧遂成冤。"（《宴胡楚真禁所》）只要青蝇点一下，白璧也会蒙冤，这一感慨就是源于《诗经·小雅·青蝇》一诗和现实社会的真实感受。

慎　微

渴不饮盗泉水，热不息恶木阴

晋·陆机《猛虎行》：渴不饮盗泉水，热不息恶木阴；恶木岂无枝？志士多苦心。整驾肃时命，杖策将远寻。饥食猛虎窟，寒栖野雀林。日归功未建，时往岁载阴。崇云临岸骇，鸣条随风吟。静言幽谷底，长啸高山岑。急弦无懦响，亮节难为音。人生诚未易，易云开此衿？眷我耿介怀，俯仰愧古今。

本诗写一志士被迫远行，却未能建功立业的苦闷。这位志士一路上保持自己的高洁品格，渴了也不喝盗泉水，热了也不在恶木下休息，因为盗泉、恶木这两个名称不好，可能会玷污一个人的名节。途中历经艰辛，饥寒交迫，可惜其耿介的高节却不为时人所理解，所以颇兴慷慨悲壮之情。

"渴不饮盗泉水，热不息恶木阴"的道德含义主要是自觉地远离可能有的任何邪恶，保持自己的清白。其实盗泉也罢，恶木也罢，本只是一个名称问题，喝了盗泉未必就会有贪心，息于恶木之阴，未必就会变坏，就像东晋时的廉吏吴隐之喝了贪泉之后，并没有像人们所预言的那样，变得贪得无厌，反而清操愈厉。但如果对盗泉、恶木之类的事物习焉不察，居之不疑，意识上就会逐渐放松对邪恶的警惕，久而久之甚至可能会丧失正直廉洁的品质。所以，"渴不饮盗泉水，热不息恶木阴"有防微杜渐的意义。如果一个人具有了这种强烈的道德意识，自然能拒邪恶于千里之外。

恭 慎

从官重恭慎，立身贵廉明

唐·陈子昂《座右铭》：事父尽孝敬，事君端忠贞。兄弟敦和睦，朋友笃信诚。从官重恭慎，立身贵廉明。待士慕谦谦，莅民尚宽平。理讼惟正直，察狱必审情。谤议不足怨，宠辱讵须惊。处满常惮盈，居高本虑倾。诗礼固可学，郑卫不足听。幸能修实操，何俟钓虚声。白珪玷可灭，黄金诺不轻。秦穆饮盗马，楚客报绝缨。言行既无择，存殁自扬名。

这是陈子昂的座右铭，涉及对待父母、兄弟、朋友、百姓、君王的态度，以及对荣辱得失、名声地位等的看法，较为全面地体现了他的人生观、价值观。

"从官重恭慎，立身贵廉明"主要是就为官而言，他认为做官应重视谦恭谨慎，贵在清正廉洁，光明磊落。下文"待士慕谦谦，莅民尚宽平。理讼惟正直，察狱必审情"等诗句是对前两句的进一步解释，就是说对待士人要谦虚，对待百姓要宽厚平等，办理狱讼案件要正直不阿，仔细调查。这实际上包括两个大的方面：一是工作态度，即谦虚谨慎，严肃认真。二是个人品格，只有为人清廉，才能做到正直。而后者尤其重要。

对正直的重要性前人有着深刻的认识。《论语·子路》："其身正，不令而行；其身不正，虽令不行。"这说明身教重于言教。唐太宗君臣总结治国之道，也说："若安天下，必须先正其身。未有身正而影曲，上治而下乱者。"（《贞观政要·君道》）但要做到身正，并不容易。很多人自己不正，却要求别人正直，结果只能如

《孟子·滕文公下》所说："枉己者，未有能直人者也。"也就是俗话所说的"上梁不正下梁歪"。所以，陈子昂的《座右铭》在今天仍有一定的借鉴意义。

公　平

掌握须平执，锱铢必尽知

唐·包何《赋得秤送孟孺卿》：愿得金秤锤，因君赠别离。钩悬新月吐，衡举众星随。掌握须平执，锱铢必尽知。由来投分审，莫被弄权移。

这是首送别诗。包何是盛唐时期的诗人，其父包融在诗坛上有一定的影响。诗人送别友人，只字不及惜别情怀，而是以秤为题，嘱告友人。就此而言，包何可以说是孟孺卿的诤友。诗歌首联表示以秤赠别的愿望，颔联"钩悬新月吐，衡举众星随"两句形容秤钩和秤杆，形象贴切，"新月吐""众星随"还显得很优美。后四句是议论，告诫朋友持秤要公平谨慎、锱铢分明，不要被权势所干扰而失去了公正。

秤常用来比喻公平之心。诸葛亮《杂言》自称"吾心如秤，不能为人作轻重"，这是一种非常可贵的精神品质，对那些执掌权利的官员来说，这种品质尤为重要。包何诗中的送别对象孟孺卿肯定是位官员，诗中所言应该有其针对性。诗人以"掌握须平执，锱铢必尽知"相劝，意思不外乎两层：一是强调公平，不受其他因素的左右，办事不偏不倚。二是仔细认真，锱铢必较，分毫不差。虽然这种劝告未必有多少新意，却很有现实意义，因为人们在处理复杂的事件时，总是受到人情、利害、权势等方面的影响，而很难做到公允。正因为此，中唐诗人古之奇在《县令箴》中将之列为县令必须具备四种品质之一："如剑之利，如镜之明，如弦之直，如秤之平。"其实，不仅是县令，其他官员甚至百姓也都应该具备这种如秤之平的公正之心。

责　任

临事耻苟免，履危能饬躬

　　唐·高适《李云南征蛮诗》：圣人赫斯怒，诏伐西南戎。肃穆庙堂上，深沉节制雄。遂令感激士，得建非常功。料死不料敌，顾恩宁顾终？鼓行天海外，转战蛮夷中。梯巘近高鸟，穿林经毒虫。鬼门无归客，北户多南风。蜂虿隔万里，云雷随九攻。长驱大浪破，急击群山空。饷道忽已远，县军垂欲穷。精诚动白日，愤薄连苍穹。野食掘田鼠，晡餐兼焚僮。收兵列亭堠，拓地弥西东。临事耻苟免，履危能饬躬。将星独照耀，边色何溟濛。泸水夜可涉，交州今始通。归来长安道，召见甘泉宫。廉蔺若未死，孙吴知暗同。相逢论意气，慷慨谢深衷。

　　此诗作于天宝十二载（753），内容是歌颂云南太守李宓征伐南诏之事。所谓征伐南诏实际是唐王朝对少数民族的侵略。那次战争中，李宓所率领的十余万大兵遭受重创，惨败而回。但杨国忠隐瞒败迹，反而谎称大胜而归，蒙蔽了唐玄宗，唐玄宗还特意召见他。高适当时并不知情，错误地作诗颂扬他。

　　诗歌先叙述唐玄宗下诏讨伐云南，士兵不怕牺牲，积极响应，转战万里之外，粮草断绝之后，以田鼠等充饥，极其辛劳，然后正面颂扬李宓开疆拓土的功绩。尽管李宓等人以败为胜，应该予以批判，但高适不明真相，他心目中的李宓临危受命，为国分忧，的确值得称赞。

　　"临事耻苟免，履危能饬躬"字面意思是说，在危难之时，不会苟安退缩，而是能自我整饬，准备随时挺身而出，奔赴前线。

这是正直果敢的表现，其中蕴藏的道德含义主要有两层：一是大无畏的牺牲精神，为了国家，在关键时刻能够不顾个人的安危，勇敢地承担重任。二是无私的奉献精神，为了大局，能够放弃个人的安乐，为国家奉献出自己的力量。正是这种可贵品质，激励着历史上许多志士仁人，为国家舒忧解难，赋写了许多可歌可泣的篇章。

廉　洁

洛阳亲友如相问，一片冰心在玉壶

唐·王昌龄《芙蓉楼送辛渐》：寒雨连江夜入吴，平明送客楚山孤。洛阳亲友如相问，一片冰心在玉壶。

这是诗人送别友人之作，可能作于贬官江宁期间。王昌龄为人不拘小节，引起许多诽谤之词，曾两度被贬，但诗人自信己身的清白。这首诗借送别朋友，捎话给洛阳的亲友，表明自己冰清玉洁的人品。

冰玉一直是纯洁的象征，用冰玉比喻人品的高洁，古已有之。晋代的陆机在《汉高祖功臣颂》中有"心若怀冰"之语，用冰来比喻心的纯洁无瑕。刘宋的鲍照《代白头吟》说："直如朱丝绳，清如玉壶冰。"用玉壶之冰比喻清白。唐代姚崇还特意作《冰壶诫》，在序言中说："夫洞澈无瑕，澄空见底，当官明白者，有类是乎！故内怀冰清，外涵玉润，此君子冰壶之德也。"直接将冰壶与为官清廉联系起来，说为官要有冰一样洁净的内心，要有玉一般温润的外表。王昌龄在前人的基础上锤炼出"冰心"一词，"一片冰心"，是一颗晶莹纯洁的心，好像心是用冰做成，显得形象可感。诗人还将一片冰心置于玉壶之中，相互映发，更能凸显其冰清玉洁的效果。在上述各家之言中，王昌龄的这两句最为著名，传颂最广。之所以如此，除了比喻新巧、语言精炼之外，实际上反映了大家对这种人品的肯定和认同，反映了一种得到全社会普遍认同的道德观。后人常用类似的语言形容人的清风高节，如《宋史·李侗传》说李侗"如冰壶秋月，莹彻无瑕"，《元史·黄传》称黄溍"冰壶玉尺，纤尘弗污"。

自 守

此乡多宝玉,慎莫厌清贫

唐·岑参《送杨瑗尉南海》:不择南州尉,高堂有老亲。楼台重蜃气,邑里杂鲛人。海暗三山雨,花明五岭春。此乡多宝玉,慎莫厌清贫。

这是岑参送朋友杨瑗赴南海任县尉的作品。首联是说杨瑗父母年老,他却不辞辛劳,远赴南国任职。中间两联写南州的气候和景象。尾联针对南州盛产珠玉等珍宝,告诫他一定要甘于清贫,言外之意是提醒他千万不要贪赃枉法。

"此乡多宝玉,慎莫厌清贫"的道德含义是提醒人们要经得起财富的诱惑,守住清贫,也就是守住道德的底线。《左传》中记载了一个不受宝玉的例子。宋国有人得到一块宝玉,将它献给子罕,子罕廉洁自守,不予接受,并说出了下面一番很有意味的话:"我以不贪为宝,尔以玉为宝,若以与我,皆丧宝也,不若人有其宝。"(《左传·襄公十五年》)子罕可以说是不爱宝玉的典型。但大多数人都具有比较强的物质欲望,司马迁说:"天下熙熙,皆为利来;天下攘攘,皆为利往。"《晋书·郤诜传》说:"人之于利,如蹈水火焉。前人虽败,后人复起。"说明这是一种普遍现象。孔子也承认这一点,只不过他提出了一个道义前提:"富与贵,是人之所欲也,不以其道得之,不处也;贫与贱,是人之所恶也,不以其道得之,不去也。"(《论语·里仁》)陶渊明主张"不戚戚于贫贱,不汲汲于富贵",这种平和的态度是比较可取的。岑参所说的"厌清贫"是人的一种本能,本身可以理解,但"厌清贫"的结果可能有两个：一是通过正当途径获取富贵，一是不惜手段谋取私利。后者明显违背道德准则，最值得警惕。特别是身处富贵之地、手中掌管着大量财富的官员，更要时刻提防自己不要忘记甘于清贫的道义前提。

固 穷

勿厌守穷辙，慎为名所牵

唐·韦应物《答崔都水》：亭亭心中人，迢迢居秦关。常缄素札去，适枉华章还。忆在沣郊时，携手望秋山。久嫌官府劳，初喜罢秩闲。终年不事业，寝食常慵顽。不知为时来，名籍挂郎间。摄衣辞田里，华簪耀颓颜。卜居又依仁，日夕正追攀。牧人本无术，命至苟复迁。离念积岁序，归途眇山川。郡斋有佳月，园林含清泉。同心不在宴，樽酒徒盈前。览君陈迹游，词意俱凄妍。忽忽已终日，将酬不能宣。眊税况重叠，公门极熬煎。责逋甘首免，岁晏当归田。勿厌守穷辙，慎为名所牵。

这首诗是诗人于建中三年、四年间（782—783）任滁州太守时所作。题中的崔都水，是韦应物的堂妹婿崔俌，当时担任都水使者。诗歌先回忆前几年与崔俌在沣水之畔的交往，当时诗人刚辞去栎阳县令一职，闲居于沣上善福精舍，心情轻松闲散。接着自述此后担任尚书比部员外郎和滁州刺史的经历和感受，最后叙说对崔俌的思念之情以及为官困顿的复杂感情。

"勿厌守穷辙，慎为名所牵"的"穷辙"一词，出自《庄子·外物篇》："周昨来，有中道而呼者，周顾视车辙中，有鲋鱼焉。"后来人们用涸辙之鲋形容困窘的处境。诗中的穷辙是比喻诗人当时在滁州的境况。这两句是韦应物的自我警示，意思是说，不要厌倦现在所处的困境，千万要谨慎，不要为名利所牵累。这实际上是回答如何处穷的老问题。尽管孔子说"饭疏食饮水，曲肱而枕之，乐亦在其中"，颜回做到了"一箪食，一瓢饮，在陋巷，人不堪其苦，回也不改其乐"，但是，这一问题始终存在，一般人很难自甘寂寞，免不了要追名逐利，甚至陷于名缰利锁之中。韦应物告诫自己，不要为了名利而丧失自己的品格。宋人说，"透得名利关，方是小歇处"，更是将名利视为要参透的一关。可见，不为名利所动是一种很高的精神境界。

戒　贪

仁者耻贪冒，受禄量所宜

唐·韩愈《寄崔二十六立之》：且吾闻之师，不以物自媒。孤豚眠粪壤，不幕太庙牺。君看一时人，几辈先腾驰？过半黑头死，阴虫食枯骴。欢华不满眼，咎责塞两仪。观名计之利，讵足相陪裨。仁者耻贪冒，受禄量所宜。无能食国惠，岂异哀癃罢。久欲辞谢去，休令众睢睢；况又婴疹疾，宁保躯不赀。不能前死罢，内实惭神祇。（节录）

此诗作于元和七年（812），当时韩愈由职方员外郎贬为国子博士分司洛阳。崔立之是他的朋友崔斯立。原诗较长，前半部分历叙崔斯立的生平以及诗人与他的交往，后半部分自述志向。上面节引的就是其中的一段。诗人跳出名利、盛衰、生死，思考人生，显得冷峻透辟。"仁者耻贪冒，受禄量所宜"表明了他的利禄观，即以贪财冒货为耻，认为一个人所得的利禄应该与其身份以及其所做出的贡献相当。

"仁者耻贪冒，受禄量所宜"的道德意义主要是戒贪。古往今来，贪官实在是太多。只要浏览一下史书中的贪官传，就可以了解这些贪官是多么的寡廉鲜耻，巧取豪夺，敲诈勒索，卖官鬻爵，贪污受贿，无所不用其极。吴敬梓《儒林外史》中所说的"三年清知府，十万雪花银"，不全是夸张讽刺。有的巨贪甚至富可敌国。像汉代的梁冀家产多达三十亿之巨，清代的和珅家产极多，以致有"和珅跌倒，嘉庆吃饱"之说。这些大大小小的贪官祸国殃民，正如明人王廷相所言，"贪欲者，众恶之本"（《慎言·见闻篇》），可见惩贪的重要性。当然历史上也有许多两袖清风的好官，像韩愈所说的具有"仁者耻贪冒"的品格。清代的张伯行对"仁者耻贪冒"做了具体的阐释。他为官清廉，被康熙皇帝称为天下第一清官，他有一篇止馈檄文，可以作为每一位官员的座右铭："一丝一粒，我之名节；一厘一毫，民之脂膏。宽一分，民受赐不止一分；取一分，我为人不值一文。谁云交际之常，廉耻实伤；倘非不义之财，此物何来。"在贪污成风的环境中，能够清廉自守，有此认识，是非常难得的。由此可见韩愈的"仁者耻贪冒，受禄量所宜"应被视为后代一切官员的座右铭。

奉 献

良马不念秣,烈士不苟营

唐·张籍《西州》:羌胡据西州,近甸无边城。山东收税租,养我防塞兵。胡骑来无时,居人常震惊。嗟我五陵间,农者罢耕耕。边头多杀伤,士卒难全形。郡县发丁役,丈夫各征行。生男不能养,惧身有姓名。良马不念秣,烈士不苟营。所愿除国难,再逢天下平。

这首诗侧重写当时的边患给民众和国家带来的巨大威胁和破坏,使得农民不能耕种土地,男人都去服兵役,等等。后四句是议论,认为烈士就像良马一样,不管饲料如何,面对国难,都不会苟且偷生,而是为国效力,努力消除国难,使得天下太平。

"良马不念秣"在诗中是个比喻,比喻烈士不会计较名利待遇。以良马喻英雄俊才,古已有之,用在这里,很贴切,自然地引出下句"烈士不苟营"。上下句互文见义,是说良马和烈士不会计较名利及待遇,而有所作为。此处连用两个否定句,果断坚决,掷地有声,既是对良马和烈士品格的赞许,又是对良马和烈士的期望。

"良马不念秣,烈士不苟营"的道德含义主要有两层:一是无论何时,都不计较个人的利益,不计较个人的条件,其中蕴含着无私奉献的精神品质。二是为了国家,甘愿放弃个人的安乐生活,冒着生命危险,挺身而出,其中含有自我牺牲的英雄主义精神。古往今来,有许多志士仁人都有这种精神。汉代马援自述理想,说出"男儿要当死于边野,以马革裹尸还葬耳,何能卧床上在儿女子手中邪"(《后汉书·马援传》)的铿锵之言,清代林则徐被流放伊犁，仍然坚持"苟利国家生死以，岂因祸福避趋之"(《赴戍登程口占示家人》)的坚定信念，都有一种"鞠躬尽瘁，死而后已"的耿耿忠心。

自　信

火不热真玉，蝇不点清冰

　　唐·白居易《反白头吟》：炎炎者烈火，营营者小蝇。火不热真玉，蝇不点清冰。此苟无所受，彼莫能相仍。乃知物性中，各有能不能。古称怨恨死，则人有所惩。惩淫或应可，在道未为弘。譬如蜩鷃徒，啾啾啅龙鹏。宜当委之去，寥廓高飞腾。岂能泥尘下，区区酬怨憎！胡为坐自苦，吞悲仍抚膺？

　　此诗写于白居易贬官江州司马期间。题目《反白头吟》又作《反鲍明远白头吟》，即立意与鲍照的《代白头吟》相反。《白头吟》本是古乐府中的弃妇诗，有古辞云"愿得一心人，白头不相离"，声调哀怨。鲍照作《代白头吟》，别具一格，在诗中借弃妇之口，揭示世道人心。弃妇自称"直如朱丝绳，清如玉壶冰"，却受到猜忌，"猜恨坐相仍"，由此感叹"人情贱恩旧"，"食苗实硕鼠，玷白信苍蝇"，还说"古来共如此，非君独抚膺"。白居易此诗题目虽作《反白头吟》，但与弃妇主题无关，只是就鲍照诗中的感慨发表自己的看法。诗中"火不热真玉，蝇不点清冰""惩淫或应可，在道未为弘""胡为坐自苦，吞悲仍抚膺"等诗句都是直接针对鲍诗而言的，表现出白居易较为乐观的生活态度。

　　对于自己正直高洁的品格能否会受到诬蔑玷污，不外乎有两种观点：一是肯定的，认为小人们就像《诗经·小雅·青蝇》中所说的"营营青蝇"一样，无处不在，会玷污所有物品，即使是璧玉，也不能幸免，如陈子昂所说"青蝇一相点，白璧遂成冤"，又如李白所说"青蝇易相点，白雪难同调"（《翰林读书言怀呈集贤诸学士》)。一是否定的，认为只要自己的品行高洁，就不会被玷污，就像白居易所说，"火不热真玉，蝇不点清冰"，烈火不会烤热真正的玉，苍蝇不会去玷污清冷的冰。其实这两种说法都有道理，前者偏向于眼前的遭遇，好人受到诬陷，沉冤一时难雪，自然是白璧蒙垢，后者偏向于长远的未来。好人纵然受到一时的诬陷，但时间自然会得出公论。比较而言，前者不免有些牢骚愤激，后者则显得大度而自信。而这种自信尤为重要，不仅能帮助人们克服逆境、战胜困难，还能够培养和巩固人们的道德信仰。

高　风

青松树杪千年鹤，白玉壶中一片冰

唐·杨巨源《酬崔博士》：自知顽叟更何能，唯学雕虫谬见称。长被有情邀唱和，近来无力更祗承。青松树杪千年鹤，白玉壶中一片冰。今日为君书壁右，孤城莫怕世人憎。

这是中唐诗人杨巨源酬赠他的朋友崔斯立的作品。崔斯立曾任蓝田县丞、国子博士，所以题中称崔博士。首联诗人自称顽叟，无所作为，只能学些舞文弄墨的雕虫小技，并以此获得崔斯立的谬赏。颔联是说自己经常与崔斯立唱和，近来却无力应酬。颈联是自我评价，以松上鹤、壶中冰比喻自己高标绝尘的品格。尾联是说今日勉强题写此诗，以赠故人。

"青松树杪千年鹤，白玉壶中一片冰"是全诗中最精彩的两句。松、鹤都是高雅脱俗的物象，将千年古鹤置于青松树巅，更显得优美超逸，不同凡俗。后一句脱胎于王昌龄"洛阳亲友如相问，一片冰心在玉壶"，与上一句对仗工稳。两句在一起，意象要比王昌龄的诗歌密集一些，内涵也要丰富一些。王诗意在为自己辩白，而杨巨源是以此自我标榜，说自己就像那松树上的古鹤，餐风饮露，独立不群，像白玉壶中的冰片一样，洁净无瑕。这不仅是表示清白，"青松树杪千年鹤"一句还是对功名利禄之念的超越，像是世外高人一般。一个人如果超越了功名利禄之念，自然不会再有贪冒财货等龌龊之心，就很容易表现出令人景仰的高风亮节。这两句诗的道德含义就在于，引导人们追求这种高尚的道德境界。

谦　退

居僻贫无虑，名高退更坚

　　唐·郑谷《寄左省张起居》：含香复记言，清秩称当年。点笔非常笔，朝天最近天。家声三相后，公事一人前。诗句江郎伏，书踪宁氏传。风标欺鹭鹤，才力涌沙泉。居僻贫无虑，名高退更坚。渔舟思静泛，僧榻寄闲眠。消息当弥入，丝纶的粲然。依栖常接迹，属和旧盈编。开口人皆信，凄凉是谢毡。

　　这是晚唐诗人郑谷寄给张茂枢的作品。左省即门下省。起居，是门下省的起居郎，负责记录皇帝言行的官职。据"含香复记言，清秩称当年"两句，张茂枢曾担任尚书郎、起居郎等职务，当时已赋闲。诗歌前半部分称赞张茂枢担任起居郎之类显要的职务、三代为相的家世和过人的诗书才华。"书踪宁氏传"句下有自注曰："起居今太师卢公宅相，传授书法。"意思是说，他得到了他的舅舅、当时著名书法家卢知猷的真传。后半部分是称颂张茂枢的为人，认为他将会重新被起用。最后几句回忆自己与他的交往。据"凄凉是谢毡"句下"谷在举场时，与起居有恩也"的自注，可知郑谷曾受恩于他。谢毡，南朝谢朓见书生江革冒着严寒刻苦读书，便将自己身穿的襦袄割了一半给他充当毡子御寒，诗中用来指张茂枢对自己的恩惠。

　　"居僻贫无虑，名高退更坚。渔舟思静泛，僧榻寄闲眠。"这几句是写张茂枢的退居生活。"居僻贫无虑，名高退更坚"称赞他安贫乐道、乐于退居的品格。前一句暗用原宪（字子思）的话。子贡见原宪穿着破旧，便问他："夫子岂病乎？"原宪告诉他："无财者谓之贫,学道而不能行者谓之病。若宪,贫也,非病也。"意思是说,张茂枢尽管僻处一隅,生活贫寒,却无忧无虑。后一句是说张茂枢已经有了很高的名声,退隐的念头却更加坚定。这两句的道德含义主要有两层:一是甘于清贫,安贫乐道,二是淡泊名利,即使是高名厚利,也不留恋。在现实中能做到这一点的人并不多。唐太宗说很多人"不问愚智,莫能自知,才虽不堪,强欲居职,纵有疾病,犹自勉强",因此对李靖主动恳请退休,深加赞赏,说:"自古已来,身居富贵,能知止足者甚少。"(《旧唐书·李靖传》)可见,急流勇退也不是件容易的事。

安 民

安民即是道,投足皆为家

唐·徐铉《送薛少卿赴青阳》:我爱陶靖节,吏隐从弦歌。我爱费征君,高卧归九华。清风激颓波,来者无以加。我志两不遂,漂沦浩无涯。数奇时且乱,此图今愈赊。贤哉薛夫子,高举凌晨霞。安民即是道,投足皆为家。功名与权位,悠悠何用夸。携朋出远郊,酌酒藉平沙。云收远天静,江阔片帆斜。离怀与企美,南望长咨嗟。

这是首送别诗。薛少卿,其人不详。青阳,古属池州,境内有著名的九华山。诗歌的前半部分是抒发自己对陶渊明、费冠卿高洁品行的赞赏和向往之情,感叹自己不能隐居世外。诗中的费征君是指当时的隐士费冠卿。费冠卿进士及第后,因为亲人年迈,不愿出仕而隐居九华。长庆年间,朝廷因其孝节特征召他为右拾遗,他仍不赴任。后半部分称赞薛少卿的"高举",不在乎功名权位。结尾几句是抒发惜别之情,写得一往情深,韵味悠长。

"安民即是道,投足皆为家"两句是对薛少卿的称赞,表现了诗人对"道"的理解。上句意思是说,使百姓安乐,就是道。下句的意思是说,足迹所到之处就是家,也就是四海为家的意思。这里强调安民的重要性。这种认识源于传统的民本思想。《尚书》中就有"民惟邦本,本固邦宁"的话,老子曾说:"圣人无常心,以百姓心为心。"孟子认为,"民为贵,社稷次之,君为轻"(《孟子·尽心下》)。这种思想对后代影响很大,后代有许多类似的议论,如"王者以民为天"(《汉书·郦食其传》),"民者,国之根也，诚宜重其食，爱其命"（《三国志·吴书·陆凯传》），"有道之主，以百姓之心为心"（《贞观政要》）。民是国家的根本，所以安民就是最大的"道"。在这个大道之下，个人的小家必须要服从这个道。一个为民着想的官员，就应该如徐铉所说，"安民即是道，投足皆为家"。

志 节

不论穷达生死，直节贯殊途

宋·汪莘《水调歌头》：志可洞金石，气可塞堪舆。问君所志安在，富贵胜人乎？看取首阳二子，叩住孟津匹马，天讨不枝梧。特立浮云外，大块可齐驱。　铁可折，玉可碎，海可枯。不论穷达生死，直节贯殊途。立处孤峰万仞，袖里青蛇三尺，用舍付河图。晞汝阳阿上，濯汝洞庭湖。

这是南宋词人汪莘的一首言志之作。词前有小序，说："客有言持志者，未知其用，因赋。"据此可知其写作背景是：当时有人怀疑坚持志节的意义，汪莘作此词以答疑。词的上片阐发志气的价值，意思是说志气可以充天塞地，让金石为开。你的志向是追求过人的富贵吗？隐居首阳山的伯夷、叔齐，却奋不顾身地谏阻周武王伐纣的战马。这种特立独行的志节与天地长存。词的下片竭力强调志节的不可变易，铁可折，玉可碎，海可枯，但志节不可失。不论穷达生死，不论是否有用，都坚持不动摇。

"不论穷达生死，直节贯殊途"主要是强调正直的志节坚定不移。一般情况下，正直的志节经常受到各种因素的影响。有的人受不了长期的穷困不遇，便不惜阿谀奉承、卑躬屈膝；有的人则经不住富贵的考验，变得骄奢淫逸、为所欲为；有的人贪生怕死，卖友求荣。如此等等，不一而足。所以，坚持志节不动摇，一以贯之，才显得格外难得。王勃说："老当益壮，宁移白首之心；穷且益坚，不坠青云之志。"(《滕王阁序》)这种崇高的人格激励着人们坚持自己的志节，始终不渝。

锄　奸

养花如养贤，去草如去恶

　　唐·宋齐丘《陪游凤凰台献诗》：嵯峨压洪泉，岪崒撑碧落。宜哉秦始皇，不驱亦不凿。上有布政台，八顾背城郭。山爱龙虎健，水黑螭蜃作。白虹欲吞人，赤骥相槫爆。画栋泥金碧，石路盘硗埆。倒挂哭月猿，危立思天鹤。凿池养蛟龙，栽桐栖鹭鹭。梁间燕教雏，石罅蛇悬壳。养花如养贤，去草如去恶。日晚严城鼓，风来萧寺铎。……不话兴亡事，举首思眇邈。吁哉未到此，褊劣同尺蠖。笼鹤羡凫毛，猛虎爱蜗角。一日贤太守，与我观橐钥，往往独自语，天帝相唯诺。风云偶不来，寰宇销一略。我欲烹长鲸，四海为鼎镬。我欲取大鹏，天地为矰缴。安得生羽翰，雄飞上寥廓。（节录）

　　这是一首登临感怀之作。宋齐丘，南唐时曾任丞相、中书令。此诗作于后唐李昪代吴之前。其时李昪任昪州刺史，宋齐丘为其幕属，陪同李昪登览金陵凤凰台，写下这首诗献给李昪，并借机劝李昪代吴自立。

　　此诗通首描写凤凰台之形势以及凤凰台周围之景象，而字句之间每每寓有深意。首八句写凤凰台之形势：上穷碧落，下临洪泉，高处有布政之台，四顾乃层城巨郭，信虎踞龙蟠之地也。次十句描绘凤凰台之雕梁画栋及凤凰台内之园林池沼：白虹、赤骥，其状可怖；雕梁画栋，金碧辉煌；台上石道，曲折蜿蜒；哀猿倒挂，孤鹤危言；池沼勖深而生蛟龙，碧梧高耸而栖鹭鹭；雕梁之上，飞燕教雏；石罅之中，蛇壳在目。一派清幽拗削的景象。"养花如养贤，去草如去恶"二句，以人事转接。以下写凤凰台外面的物象：隐隐约约能够听到城中之戍鼓，萧寺之风铃，……千古兴亡之事，尽在不言中。"一日贤太守"以下，则可看作宋齐丘对李昇的劝进之词，其希望李昇有朝一日能代吴以自立，溢于言表。

"养花如养贤，去草如去恶"二句，本来只是写园庭艺植者在凤凰台边锄草种花之事，但诗人在此特拈出"贤""恶"二字则别有深意：香草美人，本以喻君子，恶木稗草，本以喻奸佞，宋齐丘借这两句话希望李昇明辨忠奸，善待真正忠君爱国的贤臣，而对那些丑恶奸邪之人则坚定不移地铲除之。

从这首诗的写作背景来看，宾主二人之所为似乎并不符合我国传统文化之道德规范，但"养花如养贤，去草如去恶"两句诗所表达的锄奸养贤之观念，却具有较普遍的道德意义，与我国传统文化中惩恶扬善的精神是有相通之处的。

务　实

多难始应彰劲节，至公安肯为虚名

　　唐·韩偓《息兵》：渐觉人心望息兵，老儒希觊见澄清。正当困辱殊轻死，已过艰危却恋生。多难始应彰劲节，至公安肯为虚名。暂时胯下何须耻，自有苍苍鉴赤诚。

　　韩偓经历唐末战乱，自己也因为不肯依附朱全忠而被一再贬官，对唐末动荡的社会有比较深切的体会，这在此诗中有很明显的体现。古人说："死生亦大矣。"人作为一种高级动物，有求生的本能，如果不是万不得已，不会轻易走上死路的。只有在身处困辱无可奈何之际，才会不顾生死地奋起一击，而一旦有平安的希望之时，却会更加珍惜自己的生命，"正当困辱殊轻死，已过艰危却恋生"。而人们在生死之际能舍生取义，也绝不是要以生命换取一个虚名，而是出于对气节的追求和对正义的维护，这种精神才是值得嘉许的，因此又说"多难始应彰劲节，至公安肯为虚名"。诗的最后又指出能忍辱则忍辱，而不可以妄动刀兵，韩信为千古名将，尚能忍得胯下之辱，何况他人？因为刀兵一动，不知会有多少人枉死疆场，多少人家破人亡，所以不能随意地发动战争。

　　经过上文的分析，我们就能知道"多难始应彰劲节，至公安肯为虚名"两句实际上有两层含义：第一，为国家平定祸难的劲节之臣应当表彰；第二，战争的危害性极大，决不能因为自己的一时之愤恨而进行战争，而应一切为天下的安定着想。

立 德

平生德义人间颂，身后何劳更立碑

唐·徐夤《经故翰林杨载丞池亭》：八角红亭荫绿池，一朝青草盖遗基。蔷藏藤老开花浅，翡翠巢空落羽奇。春榜几深门下客，乐章多取集中诗。平生德义人间颂，身后何劳更立碑。

古人有所谓的三不朽："太上有立德，其次有立功，其次有立言，虽久不废，此之谓不朽。"其中以立德为最高，因为道德的流传是最为持久的，自古而来的许多道德法则，我们至今还在奉行；而为国家社稷建功立业的人，人们也会记住他，赞颂他；著书立说如果揭示了某种深刻的意义，同样是可以流传不灭的。在此三者之外，则并无不朽可言，即使将名字刻在碑上，最终也会磨灭消失。

徐夤的这首诗即是以最高意义上的不朽来称赞杨左臣："平生德义人间颂，身后何劳更立碑。"如果推究其终极意义，则立功、立言的意义毕竟是有所局限的，真正的不朽只有立德，因为由某种典范性的德行所树立的道德准则有可能成为一个国家、一个民族的精神的组成部分，从而融入整个民族的血脉生命。后代的人们会不由自主地认同他、效法他，所以他不仅仅是在人们的口中流传，而且是永远地存活在后世人的心中。这样的人物，这样的德行，又何必需要用文字刻在石碑上面呢？

一般而言，立德是大圣大贤才能够做到的，例如孔子、颜回这样的人，才算是以立德而为百代所景仰。但是这也给普通人树立了一个目标，正如古人所说，"入门须正，立志须高"，"取法乎上，仅得其中；取法乎中，故为其下"，所以希圣希贤，应该是我们这个具有深厚道德传统的民族共同的道德追求。当然，就现实社会而言，"平生德义人间颂，身后何劳更立碑"对于身居官位的人具有更加切身的启迪意义：为官者应该追求的是得到人民自发的、真挚的赞颂，而不是利用什么物质的载体来为自己树碑立传。只有前者才能真正地流芳千古，而后者则终将灰飞烟灭。

交友第七

互 勉

愿君崇令德,随时爱景光

汉·无名氏《古诗》:烛烛晨明月,馥馥秋兰芳。芬馨良夜发,随风闻我堂。征夫怀远路,游子恋故乡。寒冬十二月,晨起践严霜。俯观江汉流,仰视浮云翔。良友远别离,各在天一方。山海隔中州,相去悠且长。嘉会难再遇,欢乐殊未央。愿君崇令德,随时爱景光。

这首《古诗》,从前的人认为是苏武赠别李陵的作品,近人研究的结果证明此诗跟其他几篇所谓的"苏李诗"都不是他们的手笔。真正的作者是谁已经难以考究,只能大体认定是东汉末年士人所作。

东汉王朝一直奉行养士的政策,通过举荐孝廉、秀才、贤良、方正等名目,征召各阶层的人才为政权服务。大量的士人背井离乡,云集京城洛阳谋求晋身之路。然而仕途并不都是一马平川,有人如愿以偿,有人失意落魄。这首诗就是从洛阳所在的中州送别友人南去的作品。

秋天总是凄凉的,何况是在秋日的黎明,更何况就要与好友分别。迟迟不落的明月,清香沁人的兰草,是即目所见的景象,也衬托着依依惜别的心情。"寒冬十二月,晨起践严霜。俯观江汉流,仰视浮云翔",是对行程的揣想:冬深祁寒,霜重路滑,江流在下,浮云在上,天地之间茕独一人,那将是比今天更为凄清孤独的景况吧?"良友远别离,各在天一方。山海隔中州,相去悠且长。"友人的去处,跨山越岭,路途遥远。"山海"所指,有人认为是现在的越南北部一带，以当时的交通条件，这次的分别怕便是永别。"远行"这一行为本身具有的生命断续的意味被超长的空间距离进一步强化了。

"乐莫乐兮新相知，悲莫悲兮生别离。"(《楚辞·九歌·少司命》)离愁别绪总是缠绕着悲戚，与其把心情沉浸在忧郁和惆怅之中，不如用快乐的回忆和随缘的心态来化解。所以诗人说："嘉会难再遇，欢乐殊未央。"过去一同征歌逐酒、抵掌谈笑的场面不能再来，而欢乐却长留心底。聚散离合只是生命的表象，前程和快乐需要努力来促成。"愿君崇令德，随时爱景光。"珍惜时光，磨炼才德，这是对行人的宽慰和寄语，也是成就人生价值的不二法门。

不　移

人生有新故，贵贱不相逾

汉·辛延年《羽林郎》：昔有霍家奴，姓冯名子都。依倚将军势，调笑酒家胡。胡姬年十五，春日独当垆。长裾连理带，广袖合欢襦。头上蓝田玉，耳后大秦珠。两鬟何窈窕，一世良所无。一鬟五百万，两鬟千万余。不意金吾子，娉婷过我庐。银鞍何煜爚，翠盖空踟蹰。就我求清酒，丝绳提玉壶。就我求珍肴，金盘脍鲤鱼。贻我青铜镜，结我红罗裾。不惜红罗裂，何论轻贱躯。男儿爱后妇，女子重前夫。人生有新故，贵贱不相逾。多谢金吾子，私爱徒区区。

这首《羽林郎》是东汉文人乐府中的叙事名篇，讲述的是霍家豪奴冯子都调戏酒家女子遭到严词拒绝的事，与另一首优秀的乐府民歌《陌上桑》类似。冯子都倚仗主子权势，肆意调戏当垆卖酒的胡姬。胡姬面对冯子都的百般刁难，沉着应付，不卑不亢，有理有节，但冯子都不知廉耻，得寸进尺，竟然妄想占胡姬的便宜，胡姬不畏强暴，用具体的行动和尖刻的语言拒绝了冯子都。"人生"两句便是酒家女子坚决拒绝调笑者的理由。

我国古代传统道德要求女子在婚姻问题上从一而终，但对男子的要求则并不那么严格。但从爱情本身的性质来看，忠贞应该是双方稳固结合的基础。在这首诗中，胡姬的丈夫并没有出现，只出现了调笑者（冯子都）和被调笑者即反抗者（胡姬），"男儿爱后妇"，是胡姬对冯子都这类道德败坏者的尖锐批判，"女子重前夫"则是胡姬对自己忠贞不贰的表白。以此做铺垫，胡姬接着又道出了"人生有新故,贵贱不相逾"这两句寓有深刻道德含义的诗句。所谓"人生有新故",是说人生有新有故,但我已经认定了只爱我的丈夫一个人,不会做出其他选择;"贵贱不相逾",则是说自己看待婚姻和爱情,并不以贫富贵贱为选择标准,所以你冯子都即使再有权有势,我也不会动心。

  对婚姻和爱情的忠贞是我国古代人民的传统美德,"人生有新故,贵贱不相逾",这两句相当朴实的语言,道出了他们在婚姻、爱情问题上的基本立场和道德准则,这在今天仍然是有现实意义的。

诚　信

季布无二诺，侯嬴重一言

唐·魏徵《述怀》：中原初逐鹿，投笔事戎轩。纵横计不就，慷慨志犹存。杖策谒天子，驱马出关门。请缨系南粤，凭轼下东藩。郁纡陟高岫，出没望平原。古木鸣寒鸟，空山啼夜猿。既伤千里目，还惊九逝魂。岂不惮艰险，深怀国士恩。季布无二诺，侯嬴重一言。人生感意气，功名谁复论。

魏徵（580—643），是唐初名臣，以直言敢谏著称于世。唐太宗李世民曾经称誉他说："贞观之后，尽心于我，献纳忠说，安国利民，犯颜正谏，匡朕之违者，唯魏徵而已。"魏徵起于隋末群雄竞起之时，初从武阳郡丞窦藏起兵，为典书记，后为李密所召，干以纵横之策，不为李密所用。唐高祖建国后，当时的太子李建成颇为器重魏徵，将其召入自己帐下。魏徵亦为其谋划固本保储之方，不为建成所听。武德九年（626）六月，在争夺皇位继承权的斗争中，李世民取得胜利，成为皇太子；八月，李世民即皇帝位。李世民即位后，不计前嫌，大胆起用富有才略的魏徵，魏徵亦感佩不已，遂竭忠尽智，将平生所蓄之雄才大略尽行施展，使唐太宗时的统治成为与汉代文景之治齐名的盛世：贞观之治。而太宗与魏徵的这一段君臣遇合之事，也成为我国古代政治史上的美谈。

这首诗前四句写自己的早年经历：在隋末群雄竞起之时，诗人投笔从戎，献纵横之策于李密等，然不为诸人所用。"杖策谒天子"以下至"还惊九逝魂"十句，写自己归唐以后的经历：初随李密降唐，久不见知，遂"自请安辑山东"，在此次行动中历尽艰险，故诗中有"凭轼下东藩""还惊九逝魂"等句。魏徵在安辑河北途中尝云:"主上既以国士见待,安可不以国士报之乎?"而何以报主上之恩呢?魏徵追古思今,遂以秦汉之际季布以重然诺而闻名于世,及战国时侯嬴送信陵君出师救赵时允诺以死相报,后果然自杀以实行诺言的历史事实为喻,表达自己不畏艰险,欲为大唐竭忠尽智的思想感情。

在我国古代,素来就有待朋友以忠以诚以信的传统美德,曾子"日三省吾身"的前两项,就是"为人谋而不忠乎,与朋友交而不信乎",而"士为知己者死"和"受人滴水之恩,当涌泉相报",则是对这种道德情操的高度概括。自古君臣之遇合,乃是士与知己关系的极致。魏徵历侍数人,最后始受知于太宗。太宗之不计前嫌,大胆起用,使魏徵感到遇到了真正的明君和知己,这种知己意识和感恩心态,加以其平生所蓄之雄才大略,遂成就了其一代名臣的声名,也成就了唐太宗这位开明之君在历史上的光辉形象。

今天,虽然传统意义上的君臣关系早已不复存在,但朋友、知己这种极为普遍的人际关系,依然是我们生活中非常重要的组成部分。在处理人际关系时应重视诚信的美德,对自己的诺言应该始终遵守,这在当今仍具有重大的道德意义。

知　己

海内存知己，天涯若比邻

唐·王勃《送杜少府之任蜀州》：城阙辅三秦，风烟望五津。与君离别意，同是宦游人。海内存知己，天涯若比邻。无为在歧路，儿女共沾巾。

这是一首脍炙人口的五言律诗，是初唐四杰之一王勃在送友人杜少府赴蜀州任时所写的一首送别诗。这首诗以高度概括的语言将送友赴任之事以及与友离别之情深刻而集中地表达了出来，堪称中国古代最优秀的送别诗。而其中最为人耳熟能详的名句，就是诗的第三联"海内存知己，天涯若比邻"了。

诗的首联交代送别之地和将去之所。"城阙"据施蛰存先生考证为蜀州，"三秦"泛指当时长安附近的关中；"五津"，指岷江的五大渡口白华津、万里津、江首津、涉头津、江南津，这里泛指蜀中。长安、蜀州，千里相隔，临歧相送，自然勾起无限离情别绪，故次联即入别情：我们同是宦游之人，萍踪浪迹，今天在这里作别，明天就各在天涯。离别况味，溢于言外。第三联由送别生发出对友情的抒发。千里送君，终有一别，只要我们的交情还在，只要我们彼此引为知己，隔得再远，总能息息相通；即使是天涯海角，大家只要音问相通，便犹如咫尺相邻。最后一联则写临歧分手一刹那，朋友相互勉励，不作别泪沾巾之小儿女态。全诗层次井然，别时之景、离别之情写得真切而深刻，感人至深。

"海内存知己，天涯若比邻"将友情升华为一种知己意识，并揭示出这种知己意识足以经受时空距离的考验，隔之弥远，别之弥久,其情愈真,其思愈切。而只要彼此思念,时空距离又算得了什么呢!正是因为这两句诗将朋友之间的友情提升到了极致,因而深得后人欣赏和喜爱,直至今天,在朋友离别之际,人们还会在将这两句诗写在留言册扉页,作为纪念,也作为勉励或祝愿。

感　恩

千金未必能移性，一诺从来许杀身

唐·戎昱《上湖南崔中丞》：山上青松陌上尘，云泥岂合得相亲。举世尽嫌良马瘦，唯君不弃卧龙贫。千金未必能移性，一诺从来许杀身。莫道书生无感激，寸心还是报恩人。

戎昱活跃于大历诗坛。早年遭遇安史之乱，颠沛流离。这首《上湖南崔中丞》是其受知于湖南观察使崔瓘时作的一首表示感激之情的七言律诗。

此诗首二句以"青松""陌上尘"起兴，言云泥异途，不得相亲，意思是说自己平生不得意，不能为世所用。"举世"两句言崔中丞对于自己的知遇之恩：戎昱自视甚高，以"良马"自喻，但生不逢时，因瘦骨棱嶒而遭世人嫌弃；唯有崔中丞视我如"卧龙"，看重我的才干而加以擢用。"千金"两句，是诗人对于崔中丞知遇之恩的回应，同时也表明自己为人处世的立场，是本诗的名句：我本正道直行，性之使然，非千金之价所能移易，但因为君的知遇之恩，我遂郑重许下诺言，不辞劳苦，甚至甘愿牺牲生命来报答君之知遇之恩！最后两句补充说明自己虽然只是一介书生，但也明悉"知恩图报"这一基本行为准则，并乐于实践之。

"千金未必能移性，一诺从来许杀身。"这两句名言包含相辅相成的两层意思：其一，作为一个有坚贞节操的人，荣华富贵不足以移其性，即孟子所云"富贵不能淫，贫贱不能移"之意；其二，正因为有此坚贞节操和秉性，才能实践"重然诺"、知恩图报、"士为知己者用"这些为古之君子所看重的行为,才能体现君子的高尚道德情操。正因有了上句,才可见得以杀身许诺对方,绝不是出于利益之驱使,而是对道德准则的遵循。

牢 固

我有清风高节在，知君不负岁寒交

唐·牟融《题赵支》：林间曲径掩蘅茅，绕屋青青翡翠梢。一枕秋声莺舞月，半窗云影鹤归巢。曾闻贾谊陈奇策，肯学扬雄赋解嘲。我有清风高节在，知君不负岁寒交。

牟融，生平事迹不详，据集中赠欧阳詹、张籍、韩翃等人诗，可知其大致为贞元、元和间人。赵支，亦不详何人，据诗意可能是一位曾经出仕后归隐林泉的隐士，大概与牟融颇有交情。此诗是牟融题赠赵支的作品。

此诗前四句写赵支隐居地的环境：林间曲径，竹篱茅舍，翠竹绕屋，秋莺夜鸣，是典型的隐遁之士的生活环境。而所谓云鹤归巢，则正喻赵支从官场引退，归隐田园。诗的第三联颇寓愤激之情，"曾闻贾谊陈奇策"，是将对方比作汉初怀才不遇的贾谊，虽陈奇策而不得用，"肯学扬雄赋解嘲"，则又将其与西汉末年的扬雄相提并论，谓既不为世人所重，不妨自赋《解嘲》以自我开解。诗的最后两句写自己与赵支的交情：时势虽然如此，"你"虽然不见容于世，但我们的交情不会因此而蜕变；相反，越是在这样的处境中，我们的友情越是坚贞牢靠。

"我有清风高节在，知君不负岁寒交。"这两句名言表达的是朋友之间的友情坚贞如经冬不凋的松、竹。《论语》中曾经说："岁寒，然后知松柏之后凋也。"意思是说正是在寒冷的冬季，在冰天雪地中，才能见出松柏的坚贞。我国古人又非常崇尚竹、梅，也是因为它们经冬不凋，凌霜开放，都有岁寒之心。到了宋代，更有所谓松、竹、梅"岁寒三友"的说法,并进而以之象征坚贞的人格品性,象征友谊、爱情的坚贞。这首诗的最后两句所表达的正是这样的意思。

高　洁

纵被东风吹作雪，绝胜南陌碾成尘

宋·王安石《北陂杏花》：一陂春水绕花身，花影妖娆各占春。纵被春风吹作雪，绝胜南陌碾成尘。

王安石是北宋中期著名的政治家，新法的倡导者和推行者。新法的是非功过虽难以定论，但王安石本人的高尚品格却是后人所公认的。这首《北陂杏花》虽然只是一首小小的咏物诗，但却托物抒怀，将诗人孤洁傲岸的秉性表达了出来。此诗前两句写水边杏花的妖娆风姿：一陂春水环绕绽放的杏花，树上的花与水中的影相映相衬，将春色点染得美丽妖娆。后两句由水边的杏花生发开去，代杏花立言：春风拂过，片片飞花纷纷飘散，"我"即使被春风吹得雪片般飞入水中，也远远胜过被吹落到路上，因为一旦被吹到路上，就难免被往来的车马碾碎，化作尘土。

此诗的最后两句，从字面上看，虽然是代杏花立言，但如果结合诗人的秉性人格，却又可以看作是诗人对于自己人生态度的一种自我表白。杏花的去此就彼，揭示的是杏花高洁品性，而这种高洁品性，恰恰是诗人自己高洁品性的象征。

守 诺

立谈中，死生同。一诺千金重

宋·贺铸《六州歌头》：少年侠气，交结五都雄。肝胆洞，毛发耸。立谈中，死生同。一诺千金重。推翘勇，矜豪纵。轻盖拥，联飞鞚，斗城东。轰饮酒垆，春色浮寒瓮，吸海垂虹。间呼鹰嗾犬，白羽折雕弓，狡穴俄空。乐匆匆。 似黄粱梦。辞丹凤，明月共，漾孤篷。官冗从，怀倥偬，落尘笼。簿书丛，鹖弁如云众，供粗用，忽奇功。笳鼓动，渔阳弄，思悲翁。不请长缨，系取天骄种，剑吼西风。恨登山临水，手寄七弦桐，目送归鸿。

这是一首洋溢着爱国激情和豪侠勇武之气的优秀词作，也是《东山词》中的压卷之作。此词作于宋哲宗元祐三年（1088），时贺铸在和州管界巡检任上。词的上片是诗人对少年纵游京华之生活的追忆。贺铸年轻的时候，以门荫在首都汴梁担任着一名低级侍卫武官。那时候他意气风发，与京城侠少意气相投，时常在一起飞鹰走狗，骏马驰骤，轰饮酒坊，豪气干云。下片转而写自己长期以闲散之职游宦四方的抑塞情绪。贺铸出身将门，自幼以功业自诩，但长期滞于冗散闲职，郁郁不得志。尤其是当时西夏在北宋的西北边陲挑起战端，边鄙屡屡告急，形势相当险恶，但由于主和派当道，对西夏一味退让，致使像自己这样赤心报国、文武双全的将才，没有机会奔赴前线杀敌报国，因而一腔忠愤，无处宣泄，发为此词，令千百年之后的读者莫不为之感慨万分。

中国自古就有君子重然诺、交友同生死的侠义传统。"立谈中，死生同。一诺千金重",这几句话虽然是描述诗人青年时代与京城侠少意气相交时的情形,但却也是诗人深受古代传统节义观念影响而形成的道德观念。尤其是当这种重然诺、轻生死的侠义精神化为对于国家和民族的忠诚时,就具有更加深远的道德意义了。

提　携

平生不解藏人善，到处逢人说项斯

唐·杨敬之《赠项斯》：几度见诗诗总好，及观标格过于诗。平生不解藏人善，到处逢人说项斯。

这是一首酬赠之作。杨敬之，生卒年不详，约为唐贞元、会昌间人，字茂孝，弘农（今河南省灵宝市）人，元和二年（807）进士，累官至国子祭酒。韩愈、柳宗元、刘禹锡等比之为当代贾、马。杨敬之好与士类交结，李贺、项斯等皆为其忘年之交。项斯，字子迁，浙江临海人。早年隐居杭州径山朝阳峰，后入幕于州郡，怀才不遇。曾受知于著名诗人张籍，但终未见用。据《唐才子传》记载，项斯为人品行端庄稳重，任侠尚义，诗如其人，因而被同代张为《诗人主客图》列为"清奇雅正主"之升堂者。会昌年间，他带着诗稿来到长安，慕名拜访了当时颇有声名的杨敬之。杨敬之曾读过他的诗，甚为赏识，及至见到项斯，见其标格清奇，因而大加赞赏，写下了这首极口夸赞项斯的有名篇章。

孔子云："益者三乐，损者三乐。乐节礼乐，乐道人之善，乐多贤友，益矣；乐骄乐，乐佚游，乐宴乐，损矣。"所谓"乐道人之善"，意思是说以宣扬别人的好处为快乐。诗中的"平生不解藏人善"说的也正是这个意思。

"平生不解藏人善，到处逢人说项斯。"这两句诗作为杨敬之"乐道人之善"，奖掖后进不遗余力的名言，在后世影响颇大。后人甚至据这首诗，概括出一个成语：为人说项。

如 水

清能律贪夫，淡可交君子

唐·白居易《玩止水》：动者乐流水，静者乐止水。利物不如流，鉴形不如止。凄清早霜降，淅沥微风起。中面红叶开，四隅绿萍委。广狭八九丈，湾环有涯涘。浅深三四尺，洞彻无表里。净分鹤翘足，澄见鱼掉尾。迎眸洗眼尘，隔胸荡心滓。定将禅不别，明与诚相似。清能律贪夫，淡可交君子。岂唯空呷玩，亦取相伦拟。欲识静者心，心源只如此。

这是首观察止水、思考止水的诗歌，写于大和三年（829）。前四句是比较流水和止水各自的优势，中间十句侧重描写池塘水面的景象，最后十句导出议论，阐发止水的启示意义，认为清澈的止水能够涤除心中的尘滓，能够引导人们趋向光明磊落、清廉正直。

对于自然界或动或静的水，古人常产生这样或那样地联想。孔子有"知者乐水，仁者乐山"之说，老子有"江海所以能为百谷王者，以其善下之"的思考。"清能律贪夫，淡可交君子"两句是由止水引发的议论，是说水的清淡可以约束人们贪婪的心，可以结交君子。上句强调人的清廉，应如清水一般，下句强调人们之间的交往应如清水一样淡泊相处。这种联想自然贴切。此前，《庄子·山木》中早就有了"君子之交淡若水，小人之交甘若醴"的名言，《礼记·表记》也说："君子之接如水，小人之接如醴；君子淡以成，小人甘以坏。"这是人们一致的认识。白居易的诗再次告诫人们，要以清水为鉴，保持自己清白淡泊的品质。

切　磋

闻多素心人，乐与数晨夕

晋·陶渊明《移居》：昔欲居南村，非为卜其宅。闻多素心人，乐与数晨夕。怀此颇有年，今日从兹役。敝庐何必广，取足蔽床席。邻曲时时来，抗言谈在昔。奇文共欣赏，疑义相与析。

晋末宋初的文人陶渊明曾因母老家贫而出仕，最终由于天性不喜束缚，不堪忍受"折腰向乡里小儿"的官宦生涯，选择了归隐田园，以农耕度日的人生道路。这首诗作于义熙七年（411）左右，此时诗人已隐居六年多。他原先居住在柴桑县的柴桑里，此年终于如愿以偿地迁居到南村，得以与志同道合的友人一起吟诗论文，且耕且读，内心的喜悦是可想而知的。

诗人首先倾诉了早就想搬到南村的心愿，不是因为南村的风水好，而是由于南村里住着好几位与诗人一样甘于淡泊的君子。而今此愿望终于得到满足，诗人深深体会到居室不必高大宽敞，足以坐卧即可；最重要的是志同道合的芳邻能够常常来往，共谈古代的奇文逸事。他们一起欣赏美妙的文章，剖析典籍中的疑难问题，其中的快乐真是难以尽言！

这首诗中的"闻多素心人，乐与数晨夕"与"奇文共欣赏，疑义相与析"都脍炙人口，表现了志趣相投的士人在德行、文章方面相互切磋的快乐。"闻多素心人"两句侧重于表现与同样安贫乐道的士人交游往还的心愿。以"素心"指代淡泊于荣利、纯洁宁静的人格，似乎是从陶渊明这首诗开始的。此后人们往往用素心之会形容一种超脱于世俗名利、纯粹以切磋学艺为宗旨的风流雅集。古人早就在诗歌中倾吐了渴望友谊的心声,"嘤其鸣矣,求其友声"便是其佳例。"闻多素心人,乐与数晨夕"道出了安贫乐道的士人寻求友谊的愿望,也揭示了物以类聚、人以群分的社会现象。从这两句诗中,人们还可以体会到:纯洁高尚的道德是维系和发展人间情谊的重要纽带。少一点酒肉朋友和势利之交,多一些志同道合的良师益友,必将大大有助于净化人们的灵魂。

交 友

带香入鲍肆,香气同鲍鱼

唐·曹邺《杂诫》:带香入鲍肆,香气同鲍鱼。未入犹可悟,已入当何如。

这是一首具有哲理色彩的劝诫诗,主要说明"近朱者赤,近墨者黑"的道理。"鲍肆",也就是咸鱼店,里面当然充满了鱼腥味。在这样的环境下,一个人即使身上带着香料之类的东西进来,也仍然难以改变咸鱼店中的味道,出来后甚至连所带的香气也混有鲍鱼的气味。香气和鲍鱼其实都只是比拟,目的在于说明环境对于一个人的影响非同寻常。

确实,我们无时无刻都离不开环境,并且不知不觉地受到环境的影响。自然环境给我们以影响,有时候我们要想改变却受到客观条件的限制。但自己身边的环境——特别是小的人文环境却是自己可以把握的。就像我们与人交往一样,与什么样的人交往,交往到什么程度,应该如何为人处世,这都将影响到一个人的世界观。对于年轻人来说,它甚至影响人的发展方向。因此,一个人应该谨慎地处理自己身边的小环境,更需要注意自己所交往的朋友关系。关于这方面,古人曾有过不少经验体会,也留下了许多值得后人珍视的格言。孔子就曾说过:"益者三友,损者三友。友直,友谅,友多闻,益矣。友便辟,友善柔,友便佞,损矣(有三种有益的朋友,也有三种有害的朋友。同正直的人交友,同诚实的人交友,同见闻广博的人交友,这都是有益的。反之,同谄媚奉承的人交友,同当面恭维背后毁谤的人交友,同夸夸其谈的人交友，这就有害无益了）。"这些语言虽然平常，包蕴的道理却很是深刻。这首小诗也正是通过简单的诗句，告诫人们一个深刻而却常常被人忽视的道理。更发人深省的是，它提醒人们，即使短暂地误入歧途，也不可自暴自弃，而应及时反省，从迷途中返回。

甄 别

别裁伪体亲风雅,转益多师是汝师

唐·杜甫《戏为六绝句》(其六):未及前贤更勿疑,递相祖述复先谁。别裁伪体亲风雅,转益多师是汝师。

这首诗作于杜甫五十之年的上元二年(761)左右。《戏为六绝句》六首是杜甫文学思想的总结,是他对前代和当代诗歌创作加以整体思考的结晶。其中第六首主要论述如何对待文学传统的问题。诗人一开始就陈述了前贤的文学成就无疑有高于今人之处,今人必须虚心师从前贤的观点。接着便提出了继承文学传统的一个重要问题:前贤为数众多,究竟首先应该学习谁呢?第三、四两句中,"风雅"意味着《诗经》创立的优良文学传统,那么"伪体"应当是指背离了《诗经》传统的诗歌。诗人认为诗歌创作应剔落文学传统中的糟粕,取法于《诗经》这一典范。末句要求广泛地吸取前人创作中的有益成分。第三、四两句之间的逻辑联系非常紧密:既要删落"伪体"以推崇"风雅",又要广泛借鉴以避免固于一家。简言之,对于文学遗产要采取既有批判又有继承的理性态度。

这两句诗实际上适用于包括文学在内的一切文化遗产。我国古代素有崇古的传统,南朝梁代刘勰的《文心雕龙》就提出了宗法六经的思想。而杜甫这两句诗表面上是继承了这一崇古传统,实质上他对古代文化的看法更为客观,眼光更为宽广,具有一种前人所无的历史主义态度和具体分析的眼光。这两句诗启发我们,一方面要树立"取其精华,去其糟粕"的正确态度,另一方面要广泛吸收一切能够为我所用的成分。要做到这一点,首先要抛开历史虚无主义和狂妄自大心理，以虚怀若谷的态度对待前人的文化遗产。其次要避免对古代文化照单全收的盲目崇古，树立正确的学习典范。最后还要力避文化继承中的"偏食症"，全方位地吸收文化遗产中的养分。当然，此诗中最具道德意义的是"转益多师是汝师"一句，它启示我们要以虚心的态度来学习他人的一切长处，这无论是对提高自身的学识还是修养都是大有益处的。

虚　心

水能性淡为吾友，竹解虚心即我师

唐·白居易《池上竹下作》：穿篱绕舍碧逶迤，十亩闲居半是池。食饱窗间新睡后，脚轻林下独行时。水能性淡为吾友，竹解虚心即我师。何必悠悠人世上，劳心费目觅亲知。

长庆年间，诗人白居易罢杭州刺史，回到洛阳，得故散骑常侍杨凭故宅，竹木池馆，有林泉之致，他常常独酌涵咏其间，作有《池上篇》《醉吟先生传》等文章，描写其闲淡的心情及旷达的胸襟。《池上竹下作》应即是移居洛阳后所作。

白居易晚年栖心净土，以念佛为皈依，为净土宗一位著名的居士。他曾作偈子说："……何以度心眼？一句阿弥陀。行也阿弥陀，坐也阿弥陀。纵饶忙似箭，不废阿弥陀……旦夕清净心，但念阿弥陀……"当然，作为一位儒学学者，白居易也融会了儒佛两宗，他自己说："古人云'穷则独善其身，达则兼济天下'，仆虽不肖，常师此语。"因此，己达达人，自度度人，两相契合，这在白居易的诗文中得到了明显的体现。正因为具备这样的佛学和儒学的理论基础，所以《池上竹下作》这首诗归结到伦理意义上即是将功名利禄看淡看薄，而更加注重自身的修养。而我们从白居易自己的立身行事来看，也可以得出他是言行一致的，他在朝中是一个谔谔之臣，而在独处时也是一淡雅君子，出处如一，淡然自适。

"水能性淡为吾友，竹解虚心即我师。"这两句诗从水与竹中指出"性淡"与"虚心"二语，既是比喻，也是实说。水无色无味，自居下位，故诗人谓之性淡。竹直竿高节，然又中空，故诗人谓之虚心。以水为友,以竹为师,诗人从物象中发现了可以比德之特征,表示愿意以之为师为友,这就为这首咏物诗注入了道德层面的象征意义。正因如此,诗的末二句说有师有友如此,就不必枉费精神再在人世间寻觅知己了:"何必悠悠人世上,劳心费目觅亲知。"

确实,性淡和心虚是君子的道德修养的两个重要方面。因为若不能恬淡自适,则将日日奔驰于声色名利之场,哪里有可能来锻炼提高自己的修养?同样,胸襟若不虚旷,内心终将被傲慢之情充塞,也是难于进步的。从这一点看,这一联的道德劝诫意义是相当明显的。

坚　韧

蒲苇韧如丝，磐石无转移

汉·无名氏《孔雀东南飞》：府吏马在前，新妇车在后。隐隐何甸甸，俱会大道口。下马入车中，低头共耳语："誓不相隔卿，且暂还家去，吾今且赴府，不久当还归，誓天不相负。"新妇谓府吏："感君区区怀，君既若见录，不久望君来。君当作磐石，妾当作蒲苇，蒲苇韧如丝，磐石无转移。我有亲父兄，性行暴如雷。恐不任我意，逆以煎我怀。"举手长劳劳，二情同依依。
（节录）

《孔雀东南飞》是汉代乐府中最杰出的长篇叙事诗。它讲述的是一段凄美的爱情故事。庐江府小吏焦仲卿因母亲的反对与强迫，休掉发妻刘兰芝，二人在临别之际，立下盟誓，永不相负。兰芝回家后，其母其兄均劝其另择佳婿，从县到府，聘者屡至。而仲卿却一去之后，音讯全无。在这种尴尬情势下，兰芝被迫答应了府君之聘。在新婚前夜，兰芝感今悲昔，心如刀绞，盛装之后，"举身赴清池"，毅然选择了以死殉情。仲卿亦以死相殉，"徘徊庭树下，自挂东南枝"。

本篇所录的一段，写的是仲卿与兰芝临歧垂泣、海誓山盟的场面。兰芝被遣，仲卿策马随行，临别之际，仲卿表示"不久当还归，誓天不相负"，兰芝有感于此，遂出以磐石、蒲苇之喻，希望"君当作磐石，妾当作蒲苇，蒲苇韧如丝，磐石无转移"，忠于爱情，永不相负。

"磐"，指迂回层叠的山石。《易·渐》"鸿渐于磐"，王弼注云:"山石之安者",此就其性安稳而不易移言。磐石,厚重的石头,比喻坚固不动,能负重任。"君当作磐石",望仲卿如磐石一样坚定不移。"蒲苇",蒲草和芦苇,柔软而坚韧。"妾当作蒲苇",意即"我"当如蒲苇一样柔韧而坚贞。"蒲苇韧如丝,磐石无转移"两句,正是从这两种物质的物性出发,引申出对爱情的忠贞不贰,表达了诗中主人公忠于爱情的执着信念。

"君当作磐石"四句既是二人临歧分手、海誓山盟的具体内容,也是我国诗歌史上歌颂爱情忠贞态度的千古名言。其中后两句着重突现蒲苇、磐石之坚韧不移,具有丰富的感情容量和深广的道德蕴含。

相　思

衣带渐宽终不悔，为伊消得人憔悴

宋·柳永《凤栖梧》：独倚危楼风细细。望极春愁，黯黯生天际。草色烟光残照里，无言谁会凭栏意。　拟把疏狂图一醉。对酒当歌，强乐还无味。衣带渐宽终不悔，为伊消得人憔悴。

柳永是宋代词坛大家。他的一生一直不很顺利，早年科场失意，写过一首《鹤冲天》，有"忍把浮名，换了浅斟低唱"之句，结果惹恼了宋仁宗，被宋仁宗以"且去浅斟低唱，何要浮名"黜落之。所谓"浅斟低唱"，虽然是一时愤激之言，却正是柳永早年"日与儇子纵游娼馆酒楼"之生活的写照。但是柳永天生是个真率痴情之人，他与一些歌妓建立了很深的感情，甚至在他游官四方之时，还时常思念当年的情人。这首《凤栖梧》（又名《蝶恋花》）正是柳永宦游途中思念情人的作品。

此词上片写自己在某个春天的傍晚独倚危楼凭栏远眺时的所见所感，此时的词人被一种落寞与孤独的情怀所笼罩，无法解脱。下片写自己想努力消解这种孤独落寞却未能如愿。因为落寞与孤独，所以要借酒浇愁；但歌酒之欢娱并不能真正使词人的这种情怀得到舒泄和解脱，只能使自己更加百无聊赖。最后两句揭示出导致词人如此落寞孤独的原因，这一切都是因为自己是在深深思念着远别的情人。

"衣带渐宽终不悔，为伊消得人憔悴。"这两句名言可以说是表达相思之深、思念之切的绝唱，为伊而"衣带渐宽"，为伊而"憔悴"，但依然无怨无悔，这种执着的情感怎能不感动千百年之后的读者呢？

有趣的是，后人往往将这个"伊"抽象升华为一种思虑、追求的对象，比如王国维将"伊"指代学问、事业，借这两句词表达其对于学问、事业的执着追求，从而极大地提升了这两句词的意义蕴含。王国维写道：

> 古今之成大事业、大学问者，必经过三种之境界。"昨夜西风凋碧树，独上高楼，望尽天涯路。"此第一境也。"衣带渐宽终不悔，为伊消得人憔悴。"此第二境也。"众里寻他千百度，蓦然回首，那人却在灯火阑珊处。"此第三境也。

这种意义的升华，正是基于"衣带渐宽终不悔，为伊消得人憔悴"这两句词的深层内核——"执着"（对于情感的执着无悔）和"痴"（对于情人的忠贞痴情）。人生在世，要想最终走向成功，走向辉煌，"执着"和"痴"乃是不可或缺的素质。

永 恒

两情若是久长时，又岂在朝朝暮暮

宋·秦观《鹊桥仙》：纤云弄巧，飞星传恨。银汉迢迢暗度。金风玉露一相逢，便胜却人间无数。 柔情似水，佳期如梦。忍顾鹊桥归路。两情若是久长时，又岂在朝朝暮暮。

这是一首七夕词。中国古代有七月初七之夜牛郎织女鹊桥相会的传说，这首词所演绎的便是这个故事。词的上片写相会，下片写相别。首三句是词人仰望星空时的所见所感：明净的秋空一线薄云缓慢而轻盈地飘浮着，时不时有流星从天边划过，仿佛是替隔着天河的牛郎织女传递相思怨别的讯息。七月七日终于到了，鹊桥已经搭好，被辽阔的银河阻隔着的牛郎织女终于可以乘着夜月轻云相会了！这是一个多么美妙的时刻啊！故词人写道："金风玉露一相逢，便胜却人间无数。"但是，上天只给了这么短短的一个夜晚，虽有如水的柔情，却不得不就此分别。可怜这梦寐以求的佳期，竟然就是情侣执手相看泪眼作一年长别的日子！于是，情侣依依不舍地回过头，在鹊桥的两端作无可奈何的相望相别！故事的演绎至此完足，词人的心意却远不止此。词人真正要说的是，情人之间如果真能持续而热烈地相爱，又何必一定得朝朝暮暮卿卿我我呢？

忠贞与执着，是一切真正爱情的基本条件，唯其如此，爱情才真；也唯其如此，爱情才能抵住重重诱惑，才能克服时空阻隔。"两情若是久长时，又岂在朝朝暮暮"，实为形容爱情之坚贞与执着的至理名言。

同　心

只愿君心似我心，定不负相思意

宋·李之仪《卜算子》：我住长江头，君住长江尾。日日思君不见君，共饮长江水。此水几时休？此恨何时已？只愿君心似我心，定不负相思意。

这是一首代言体的爱情词。在这首词中，词人以一位痴情女子的口吻，表现女主人公对于情人的深切思念和对于爱情的忠贞不渝。词的上片纯用赋体，首二句"我住长江头，君住长江尾"，不一定实指二人所居之地，但借长江之辽远来形容二人空间间隔的遥远，令读者心生恻怛。接着的两句"日日思君不见君，共饮长江水"，直写对于情人的刻骨相思：虽然我们都生活在长江边，都喝着长江水，可是，尽管我对君思之不已，却因山遥水远而欲见不得，怅恨不已。词的下片以两个问句展开，"此水几时休？此恨何时已？"意思是说这绵绵不尽的江水哪一天会枯竭呢？江水是永远也不会干涸的！而我对你的思念，正如这江水一样，永远在心中流淌；我心中的怅恨（即因思君不见君的怅恨），因此也永远不会平息！词的前六句皆由眼前流淌不尽的江水发兴，娓娓道来，优游不迫，至最后两句则直揭心声，将思念之情升华为一种对于对方的热切期盼，希望对方能和自己一样，真诚而执着地思念着自己，不要辜负了自己对对方的刻骨相思。

"只愿君心似我心，定不负相思意。"这两句名句刻画的是一种双向的情感流动：从我的角度看，我对君的思念一如这绵绵不尽的江水，永恒而执着；但远方的你又会是怎么样呢？是否正在刻骨地思念着我呢？我只能希望你的心能像我的心一样的忠贞、执着，才能不辜负我对你的一片深情！这或许很无奈，这或许是一种奢望，但这毕竟提出了对爱情双方的平等的道德要求，所以它事实上蕴含着深刻的道德意义，而不仅仅是处于热恋中的一方的喃喃私语。

问 情

问世间，情是何物，直教生死相许

金·元好问《摸鱼儿》：问世间，情是何物，直教生死相许。天南地北双飞客，老翅几回寒暑。欢乐趣，离别苦，是中更有痴儿女。君应有语。渺万里层云，千山暮景，只影为谁去。 横汾路，寂寞当年箫鼓，荒烟依旧平楚。招魂楚些何嗟及，山鬼暗啼风雨。天也妒，未信与、莺儿燕子俱黄土。千秋万古。为留待骚人，狂歌痛饮，来访雁丘处。

这首著名的雁丘词出自金代元好问之手。此词有序云："泰和五年（1250）乙丑岁，赴试并州，道逢捕雁者云：'今旦获一雁，杀之矣。其脱网者悲鸣不能去，竟自投于地而死。'予因买得之，葬之汾水之上，垒石为识，号曰雁丘。时同行者多为赋诗，予亦有《雁丘辞》，旧所作无宫商，今改定之。"据此序则此词乃元好问有感于此雁不肯独活之事而作。

此词上片咏雁，而词人自己的遭际似亦隐然其中：感情啊，你究竟是一种什么力量，竟然能使人生死相许，甚至连那天上飞的双双雁儿，也如此这般地为情而生，为情而死！这是一种多么震撼人心的力量！几许欢乐，几多别离况味，人世间该有多少这样的痴男怨女！可怜的孤雁说："我若是形单影只飞越万里层云，究竟为谁而去呢？"词的下片，追想当年葬雁情事。当年的情境历历在眼，而自己当年买下那为情而死的双雁，自己当年亲手安葬双雁的雁丘，也将成为后人借以流连怀想之地。

人间自有真情在。"问世间，情是何物，直教生死相许。"这两句名言正是元好问对于人间真情的高度概括。在这首词中,我们也分明看到一位深于情的词人,面对着生死相守的双雁,面对着亲手垒起的雁丘,情动于衷,痛饮狂歌的情境。元好问此词可谓是为世间真情树碑立传,是对人间真情的一种呼唤。

痴 情

若似月轮终皎洁,不辞冰雪为卿热

清·纳兰性德《蝶恋花》:辛苦最怜天上月。一昔如环,昔昔都成玦。若似月轮终皎洁,不辞冰雪为卿热。 无那尘缘容易绝。燕子依然,软踏帘钩说。唱罢秋坟愁未歇,春丛认取双栖蝶。

纳兰性德的词苍凉凄怨、哀感顽艳,是清词中很有特点的一家。这首《蝶恋花》是一首悼亡词,是纳兰性德悼念亡妻卢氏的。

此词上片用比体。首三句,字面上说的是天上的月儿缺多圆少,实际上要表达的是人间婚姻、爱情的合少离多。具体到纳兰,则是燕尔婉娈的岁月太少,正当两情相得之时,妻子卢氏却溘然长逝,从此仙凡两隔,永无会合之期。"若似月轮终皎洁,不辞冰雪为卿热"两句,痴人语兼痴情语,月轮岂得长圆?但我却多么希望天上的月儿永无亏缺,要是那样的话,我情愿像荀奉倩那样为你献出一切! [据《世说新语》记载,晋人荀粲(字奉倩)"与妇至笃,冬月妇病热,乃出中庭自取冷,还以身熨之。妇亡,奉倩后少时亦卒。"]

下片用赋体,陈说眼前的景事,舒泄心中的苦楚,意思是说,哪晓得你我之间这么快就仙凡两隔,情缘隔绝。梁间的燕子还像往常一样在帘幕间飞来飞去,可是你却长逝不返,唯余一抔黄土;那春花丛中的蝴蝶双双飞舞,它们多么幸福!而我却只能在你的坟头唱一曲挽歌,这愁怨大概永无止歇吧!

"若似月轮终皎洁,不辞冰雪为卿热。"这两句名言表达的是一种刻骨的深情,一种美好的却无法实现的愿望,它体现了词人的"痴",体现了词人对亡妻的爱之深,情之切。我们应该认真地品味纳兰性德对爱情的执着,同时也不妨把这两句词看作是对纯洁爱情和忠贞品格的美丽颂歌。

后 记

  本书原题《诗歌与道德名言》，是卞孝萱先生主编的"中华优秀道德文化"丛书的一种，2002年由江苏古籍出版社出版。当时从接受约稿到交稿的期限不足一年，而且我已与台湾清华大学签订了赴台讲学半年的合同，由我独自撰稿绝对来不及，于是我邀请曾经在南京大学从我学习的十位博士与我合作，具体的分工情况如下：我拟定编写大纲，确定全书所收篇目并进行分类，撰写每一类的说明以及两篇样稿，然后请十位博士分别撰写初稿，最后由我进行统稿。由于统稿的时间只有一个月，我无法与撰稿人从容地交换意见，只得由我对初稿直接进行修改，有少数几篇几乎近于重写。正因如此，此书出版时仅署我个人之名，以示文责自负。但我在后记中标明十位撰稿人的姓名，以示感谢。他们是李南晖、徐国荣、郝润华、张智华、殷祝胜、党银平、胡传志、路成文、吴正岚、孙立尧（按所撰稿件在书中的次第为序）。现在陕西师范大学出版社有意重版此书，而当年参加撰稿的十位博士如今都在各大学中肩负重任，我更加不可能请他们拨冗参加修订，故由我独自对原稿进行删削订正，亦仍然只署我个人之名。谨此说明。